この冬、いなくなる君へ

いぬじゅん

ポプラ文庫ピュアフル

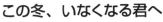

Contents

二十四歳／今夜、私が消える

「全然ダメ！　あなた、その理由すら分からないの？」

私を一瞥した上司の山崎美香《やまざきみか》は、企画書を自分のデスクの上に乱暴に捨てた。推敲を重ねて完成させた努力の結晶は、今日も最後まで読まれることはなく無価値だと判断される。

「……すみません」

消え入りそうな声しか出せない自分が情けない。

「私は理由を尋ねているの」

さっきよりも少し声量を上げた美香がまっすぐに私を見てくる。

彼女しか正解を知らないクイズ。答えても答えられなくても、同じ展開になるのは目に見えている。間違えれば叱られ、正解だとしても『じゃあ、なんでやらないのよ』と言われる。

結局、彼女の不機嫌を助長するためだけの問いなのだ。

黙って頭を下げる私に、美香はショートの髪をかきあげるとこれみよがしなため息をつく。三十代半ばという噂の美香は、今日も黒いスーツに身を包み私を非難する。

こうやってデスクに呼びだされるのはいつものこと。

みんな聞き耳を立てているのだろうけれど、私のほうは見ないようにしている。

古いビルにあるオフィスは天井も低く、重い空気のなかキーボードを打つ音だけが無機質に響いている。

「申し訳ありません」

「だから、謝られても困るわけ」

さらに大声になる美香は、まるで私にじゃなく他の社員に伝えているよう。

「井久田《いくた》さん、私は企画自体を考え直すように指示したはずよ。誰も修正しろとは言ってないの」

「はい」

うなずいてみるものの、企画書の案を見たときに『いいわね』と言っていたはず。その言葉を励みに必死に作成したのにあんまりだ……。

けれど彼女は私に言い訳をする時間を与えはしない。

「はっきり言わせてもらうとね、井久田さんはユーザー目線に立つ、っていう基本がそもそもできてないのよ」

追い打ちをかけてくる言葉に頭を下げた。

「すぐにやり直します」

気づけば上着につけたプラスチック製のネームプレートを触っていた。

〈井久田菜摘《なつみ》――NATSUMI　IKUTA――〉

指先で彫られた名前の凹凸を感じていると、

「あのねぇ」

怒りを含んだ美香の声に、慌てて背筋を伸ばす。

「企画書が一度も通ってないのは井久田さんだけなの。だから私は協力してあげているの。武藤《むとう》さんなんて、入社してたった半年で商品化までこぎつけて――あなた、悔しくないの？」

「でもそれは……」

武藤リカがコンペに出し採用された商品は、元々は私のアイデアだったものだ。

新人だったリカに企画書の作りかたを教える際、私が考えている新商品のアイデアを例にしたのが運の尽き。三日後、彼女は全く同じ内容で提出してしまった。

あれよあれよという間に商品化されることが決定したのが先週の話。

当のリカは『先輩とふたりで作った商品ですから』なんて言ってくれたけれど、もちろん企画書に私の名前は記されていなかった。

こうして〈驚異の新人〉というキャッチコピーで華々しいデビューを飾ったリカは、最近では私にあまり話しかけてこなくなった。

毎日のように上司に怒られている先輩となんて仲良くできないよね……。

大学を卒業して一年八か月。

昔から文房具集めが趣味だった私が、この会社に入社したのは正しい選択だと思っていた。自宅の最寄り駅から近い、という好条件だけでなく、誰もが聞いたことのある大手文具メーカーが親会社。

四階建てのビルは年季が入っていて古くさいけれど、三階をワンフロア使用していて、毎年新卒を多数採用している。そこそこ安定した会社と言えるだろう。

今年もリカを含めた五名が採用された。

私が大学を卒業して二〇一八年四月に新卒で配属された〈商品開発部〉は、これまでの趣味が絶対に活かせると思っていたのに……。理想と現実のギャップは日ごとに大きくなっていくばかり。

あんなに好きだった文房具たちも、最近では集めることもしなくなっている。

「ちょっと、聞いてるの？」

美香の声に、また無意識に触っていたネームプレートからハッと手を離した。なにかあるとそこに手が行ってしまう。

「すぐに……やり直します」

硬く重い空気を感じながら言葉を絞りだすけれど、再提出してもどうせダメだろう。具体的な指示がないから、なにをどう直せばいいのか分からないし、この雰囲気のなか聞くこともできない。

私、この仕事……向いてないのかな。

悔しくて泣いていたのは去年までの話で、最近ではどこかあきらめの感情が先に立っている。

怒られているときは、とにかくこの時間が早く終わることを祈るだけ。

「まあまあ山崎さん」

のんびりとした声に顔を上げると江島《えしま》が私の横に並んでいた。江島は、所属する商品開発部の主任だ。美香と同じく三十代半ばらしいが、ボサボサの髪に無精ひげ、ヨレヨレのシャツはもっと年上に見えてしまう。

「この業界じゃ〈三年は新人〉って言いますから、温かく見守りましょう」

場の空気を和らげるように、江島はたまにこうやって助け舟を出してくれる。低音の声に少しだけ緊張が和らぐ。

「は？」

けれど、美香の怒りの炎の前では助け舟に力はない。ああ、と思っている間にも美香の視線は江島をまっすぐに射抜く。

「主任は私が意地悪している、そう言いたいのですか？」

「いや、そういうわけでは……」

「教育係を押しつけておいてひどいじゃないですか。私だって言いたくて言ってるわけじゃありません」

ターゲットを変えた美香はじりじりと江島に近づいていく。同じ歩幅で後ずさりをする防戦一方の江島。

「あ……よく理解しております」

「だったら余計なこと言わないでください！」

美香の金切り声がうわん、とフロアに響き、数名の社員が私たちを見てすぐに目を逸らす。

「はい、余計なことでしたね」

これじゃあどっちが上司か分かったものじゃない。江島の優しさはうれしいけれど、すでに助け舟は炎に包まれ沈没してしまった……。

ショボンと去っていく江島の背中に、罪悪感しか生まれてこない。私がもっとしっかりしていれば、巻き添えにせずに済んだのに……。

仕事をすればするほど、どんどん自分を嫌いになっていくよう。楽しいことなんて、なにひとつない毎日。

「とにかくやり直して」

美香は立ちあがると、企画書をデスクの脇にあるシュレッダーに躊躇なく差し込んだ。

シュレッダーが企画書を食べる音だけが、むなしく響いていた。

デスクに戻ると、隣の席の西村沙織《にしむらさおり》が私のデスクへなにかを置いた。

見ると、小さなチョコレートがひとつ。

「ドンマイ」

小声で言ってくれる沙織と私は同期入社組。

といっても、沙織とは部署が違う。私のデスクは商品開発部のはしっこに位置していて、沙織の席からは人事部になるというわけ。

半数近くが営業部で構成されているこの会社では、その他の部署は向かい合った一列のデスクに集約されている。人数の少ないうちの部署と人事部だけがふたつの部署でひとつの島をつくっているのだ。

沙織は同性の私から見ても、非の打ちどころがないほどの美人だ。茶色に染めた肩までの髪、嫌みのない化粧の仕方はいつも参考になる。

仕事はそれなりにしているようだけれど、どちらかと言えば口を開けば男関係の話が多い。それもさらりと的確に言ってのけるので、洞察力に長けていると思う。この二年の間、彼氏が途切れたことがないと聞く。

一方私は、自分のことで精いっぱいすぎて恋愛なんてしている余裕はない。

つまり真逆のタイプってところ。同期だからなにかと気にかけ、仲良くしてくれているんだろうけれど、きっと同情しているんだろうな……。

実際に、プライベートで会ったことはほとんどない。

「ありがとう」

チョコレートをデスクの引き出しにしまうと、さっき印刷したばかりのパワーポイントをディスプレイに呼び戻した。

左奥から美香がじっとこっちを見ているので、出そうになったため息をゴクリと飲み込む。

……危ない危ない。

画面には『多目的型ホッチキス　〜マルチくん〜』の文字と、スキャンして取り込んだ私の下手なイラストがむなしくバックライトで浮かびあがっている。

従来型のホッチキスに替え針の収納スペースを作り、さらにカッターナイフや定規、コンパスの機能を追加した商品。これひとつ持っていれば、他の文房具を持つ必要がないというものだ。

「いいアイデアだと思ったのにな」

ボソッとつぶやく声に反応した沙織が、「ん」と画面を覗き込んでひとこと。

「なるほど、こりゃダメだね」

「ひどい」

膨れた私を気にもしないで、沙織は画面を指さした。

「替え芯を入れられるホッチキスは既出だし――」

「替え針ね」

「どっちでもいいじゃん。定規やコンパスの機能をつけるのはおもしろいとは思うけどさぁ、デカすぎるんだよ。あたし、ホッチキスを選ぶときはなるべく小さいやつにするもん」

たしかに最近の商品は小型化をウリにしているものが多いことは知っている。でも、いつも替え針を探してしまうから、こういうニーズも絶対にあると思うんだけれど……。

「なんでワニなの？」

沙織が画面の右にいる緑色のキャラクターを指さした。

「一応、〈マルチくん〉のキャラクターのつもりなんだけど……。ほら、ホッチキスってワニっぽく見えるでしょう？」

どんどん自信のない声になっていくのが自分でも分かる。情けなくなってきて、私は画面を消した。

もう一度しっかりと考えなくっちゃ……。

「せんぷぁい～」

前の席にいるリカが、ディスプレイの向こうから沙織に声をかけた。

「ん？」

「今日は電話当番じゃないですよね？　お昼どこ食べに行きますぅ？」

気づけば十二時になっていた。今日も半日怒られて終わったと知る。ざわざわと談笑する声がようやく耳に届き、少しだけ張りつめた緊張がゆるむ。

沙織になついているリカは、よく一緒にランチに行っているようだ。仕事の遅い私は、いつだってコンビニのサンドイッチをほおばりながら、少しでも遅れを取り戻すのに必死。

「あたし、しばらくパス」

沙織はそう言うと、バッグからピンクの布で包まれたお弁当箱を取りだした。

「パス？」

きょとんとするリカに、

「実はさ、料理教室に通いだしたんだよね」

と、沙織は肩をすくめてみせる。

「あれ、英会話教室はやめたんですか？」

「それも継続中。だから、節約と復習を兼ねて飽きるまではお弁当を作ろうかな、って」

照れくさそうな横顔を見て、それからリカを見ると眉をひそめて固まっている。奇妙な間が流れたのち、

「あたしのことだから、すぐに飽きちゃうんだろうけどね」

さらりと言うと沙織は「トイレ」と席を立った。

リカも出かけるのだろう、立ちあがってから思いだしたように私を見た。

「菜摘さんは今日もパンですか？」

「うん。ごめんね」

リカが私を『先輩』と呼ばなくなってからしばらく経つ。無意識なんだろうけれど、少しだけ気になっている。それでもヘラヘラ笑うしかない自分が情けなくなる。

「なんか元気ないですけど、大丈夫ですか？　私でよかったら相談に乗りますよぉ」

キラキラとした目のリカは、つけまつ毛をバサッと揺らし、そんなことを言ってくる。沙織よりも明るい茶髪にウェーブをかけて、ピンクのルージュがやけにまぶしい。

「大丈夫だよ。ありがとう」

優しくうなずいてみせると、

「そうですか」

と、あっさり関心をなくしたようだ。

すぐに歩き去っていくリカに悪気がないからこそ先日の企画書の件は許したけれど、そもそも悪気がないこと自体がやっかいなのだ。

ふう、とため息を宙に逃がす。

低い天井を見あげると、ＬＥＤの活躍もむなしく昼前だというのに薄暗い。まるで私の気持ちを表しているみたい。

こんなはずじゃなかった、と思う。

入社したときは、あこがれだった文具に携わる仕事に就けたことがとにかくうれしかった。新商品を開発できるというワクワク感もあったはず。

それが、今では大好きな文具店に行ってもリサーチすることばかりに気を取られる始末。たくさんのノートや鉛筆、付箋紙を見るだけで楽しかったはずなのに、どうしてこんなふうになってしまったのだろう……。

コンビニのパンをかじりながら、改めてディスプレイに企画書を呼び戻し眺めても、補修できるほどの内容でないことは明白だ。いちから全部やり直すしかない事実を頭では理解しているものの、気持ちが切り替えられない。

トイレから戻ってきた沙織が、

「そうだ。聞いてくれた？」

と、主語のない会話をしだしたので、意識を隣に向けた。

「なにが？」

「ほら、今度の合コンの話」

「ああ」とさらに重い気持ちになる。先日、沙織から何度目かの合コンの誘いがあり、苦し紛れに『友達に聞いてみる』と逃げたんだった。

「友達ってさ、晴海《はるみ》さんって名前だっけ？」

「福山《ふくやま》晴海。ごめん、まだ聞いてないんだ。今夜にでも聞いておくね」

会話を切りあげてパソコンに向かう私に、沙織は不満の声を上げた。

「ダメダメ。ずいぶん返事が延びちゃっているの。あたしがいい加減な女だと思われちゃうじゃん。今聞いてみてよ、お願い」

沙織の『お願い』はいつだって強引で、それでいてしぶといのは二年弱の間で身に染みている。

表情で拒否を示しながらも、仕方なくスマホを取りだしてバックライトをつけた。ロック画面にボールペンの写真が映しだされる。ターコイズブルーがアクセントの、有名ブランドのボールペンの写真。就職祝いに父が買ってくれたものだ。

もったいなくて使えないから、ずっと部屋の引き出しにしまってあり、時折眺めてはうっとりしている。けれど、近ごろは見るたびに心が重くなってしまう。

ロックを解除し、ホーム画面を呼びだした。メッセージアプリで晴海の名前を探し、

『お仕事中ごめんね。この間話した合コンなんだけど、どうする?』

と、メッセージを打ち込むけれど、『既読』はつかない。

大学時代は一緒にいることが多かったから、いつだって連絡は簡単についた。けれど、社会人になってお互いに二年目。最近ではメッセージのやり取りが多く、晴海と電話で話をすることも減ってきている。

晴海は就職活動序盤で大手銀行の内定を取り、卒業してからはこの町の駅前の支店で窓

口業務をしている。

会うたびに『忙しくてトイレも行けない』と言っていたっけ。

「返事が来たらすぐに教えるね」

そう伝えて話を切りあげると、沙織は渋々ながらうなずいてくれた。少しホッとした気分になりながらスマホをしまう。

とにかく企画書を作り直さなくちゃ。パワーポイントの〈新規〉タブをクリックし企画書用のデザインを選択すると、真っ白な画面が現れた。

美香に怒られないようなアイデアはどこに転がっているのか……。

あこがれていた仕事に就けたというのに、現実は思ったよりも厳しい。最近の私はやりたいことではなく、やってはいけないことにばかり注視しながら仕事をしているみたい。どんどん袋小路に流されて、少ない酸素を必死で吸い込もうとしている。だから、こんなに息苦しいんだ。


息が白く、夜の闇に溶けていく。

良いアイデアを……と思えば思うほどなにも出てこないまま時間だけが過ぎてしまった。集中しなくてはいけないのに、遅れて込みあげてきた悔しさに集中できずに、自分のダメさを思い知った残業だった。

結局、会社を出たのは夜の九時を過ぎたころ。駅前まで歩き、ロータリーからバスに乗ること約十分。

バスを降りると冷たい風に体が一気に冷え、急ぎ足で家を目指す。

木造二階建ての一軒家には、父と母、そして私の三人が昔も今も住んでいる。

疲れた体を引きずるように台所へ向かうと、母がテーブルに座っていた。その手元には文庫本。

——お母さんが台所で本を読んでいると、ろくなことがない。

長年の習慣からそんなことが頭をよぎり、思わずこぼれそうになるため息を呑み込んだ。それは、私に言いたいことがあって帰りを待っている証拠なのだから。

「ただいま」

と伝え、流しで手を洗う。十一月末になり、水の温度も急激に冷たく感じている。

「お帰りなさい。ご飯、温めるわね」

私の返事も聞かずに母は本を伏せると、立ちあがり、お鍋を火にかけながら続ける。

「いくらなんでも毎晩遅すぎじゃない？　サービス残業とかじゃないでしょうね。もう少し早く帰れないの？」

母は根っからの心配性で、私の行動についていつも口を出してくる。優しい心配性ならありがたいのだけれど、どこか攻撃されている気分になるのはいつものこと。

ひとりっ子だから仕方ないんだろうが、少し過干渉だと思っている。まあ……口にはできないけれど。

温め直してくれた夕食を食べていると、母が向かい側に腰かけた。なにか話したいことがあるのは、ほぼ確実だ。

さっさと食べて部屋に戻ろうと急ぐ私に、母は本に目を落としながら、

「今日はどうだったの？」

とさりげなさを装い尋ねてくる。やはり、今夜も調査が始まってしまった。

「とくになにもないよ」

早く食べ終えたいのに、今夜のメニューはよりによって湯豆腐。目の前のひとり用の鍋の熱さに苦戦必至。

これすらも母の作戦なのかと思ってしまう私。

「仕事でなにかあった？」

「べつに」

そっけなく答えてしまうのは、そうしないといつもケンカになるから。母も分かっているはずなのに、なんで絡んでくるんだろう。

「あのね、佳乃《よしの》ちゃん、プロポーズされたんですって」

言われた瞬間、ああ、これが今日の主題なんだ、と肩で息をついた。

「佳乃ちゃん？　誰それ？」

短い言葉で興味なさげに聞きながらも蓮華ですくった豆腐を冷ますことに集中してフーフーと息を吹き続ける。

「お母さんのパート先に坂本《さかもと》さんっているでしょう？　そのお嬢さんよ」

母が説明してくれたけれど、そもそも『坂本さん』に会ったことがない。返事に窮している私をスルーし、母は続ける。

「二十五歳でね、坂本さんが言うには『すごくキレイ』なんですって」

「ふうん」

興味がないフリで答えながら、ご飯を大きくほおばった。結局は母だって会ったことはないわけだ。

「菜摘ももう二十四歳でしょ？　そろそろ結婚しなきゃね」

「は？　関係ないでしょ」

言い返してすぐに後悔したのは、母がバサッと音を立てて本を裏返したから。

「関係なくないでしょう。お母さんがあなたの歳のころは、もう結婚してたのよ。それに、お母さんはあなたにちゃんと幸せになってほしくて言ってるの」

たしかにまだ五十歳になっていない母は若々しい。

「ああ、はいはい」

「ちゃんと聞いて。今から見つけておかないとダメなのよ。仕事もいいけど、たとえばお見合いとか——」

そのとき、机の上に置いたスマホがブルブルと震えだしたので、母は口を閉じた。着信を知らせる画面には〈晴海〉と表示されていた。晴海に感謝。

「ごちそうさまでした」

「ちょっと——」

言いかけた母に背を向けて私は通話ボタンを押して立ちあがった。

「もしもし、晴海？」

カバンを手に逃げるように台所を出ると、急な階段をのぼって自分の部屋へ向かう。

「連絡遅くなってごめんね」

やわらかい晴海の声がした。部屋の電気をつけ、石油ファンヒーターのスイッチも入れてからベッドに腰を下ろす。

「ううん。さっきは仕事中にごめんね」

「全然大丈夫だよ」

「メッセージ見てくれた？　結局、合コンは行かなくて良くなったの」

夕方まで晴海からの返事が来なかったこともあり、沙織は別のメンバーに招集をかけたらしい。すぐに何人かが見つかり、おかげで私も参加せずに済みそう。

「そうみたいだね。菜摘も合コンとか苦手だからホッとしてるんでしょう？」

さすが親友の晴海は私のことを良く分かってくれている。私はあの手の集まりが本当に苦手だから。

「ホッとしたどころじゃないよぉ。同期とはいえ、お世話になってるからなんだか断りにくくってさ。それに合コンって、いいイメージがないもん」

「私を巻き添えにしようとしたくせに？」

「それはごめんってば。晴海とならなんとか参加できるかな、って思ったんだよね」

私の言い訳に、晴海は「まあ」と少し笑った。

「菜摘は真面目だからね」

「あ、またバカにして」

少々ムッとしながら言うと、軽やかな笑い声がスマホの向こうからした。今日という一日のなかで、初めて自分の意思で、思ったままに会話できている気がした。

「悪い意味じゃないよ」

「どうだか」

「むしろ尊敬してるんだから。私も自分が真面目だと思ってたんだよ。でも……最近はそうでもないから」

その言いかたに違和感を覚えた私は、晴海の声がいつもより元気がないことに気づいた。

長いつき合いだから、ちょっとした変化でも伝わってくる。

「ねえ、なにかあった？」

「……え？」

聞こえていたはずなのに聞き返してくる晴海に、予想が間違っていないことを知った。

同時に、気づいてあげられなかった罪悪感が心のなかでムクムクと育ちはじめる。

「悩みごとがあるの？」

「まあ……そんなところ」

歯切れの悪い返事に私は壁時計を見た。まだ最終バスまでは間がある。

私たちは利用している駅が同じで、晴海のアパートは駅の北西にある。駅に向かうバスを途中で降りて少し歩けば簡単に行ける距離だ。

「どうしたの？　今から行こうか？」

けれど私の言葉に晴海は、

「大丈夫だよ」

と、全然大丈夫ではないように言った。

「大丈夫じゃないでしょう？」

「あの、さ……恋愛で少し悩んでて。まあ、ちょっと複雑なんだよね」

「恋愛って……恋人ができたの？」

私の問いかけに、しばらく晴海の呼吸音だけが届いた。そうしてから晴海は小さくまた笑う。

「まだできてない。……今度会ったときに話すから気にしないで」

そう言うと、晴海は「眠い」と言い訳を残して電話を切った。

真っ暗になったスマホの画面を眺めてから、私はベッドから立ちあがると壁際の机の椅子に座り直した。そして、引き出しの奥からこげ茶色の日記帳を取りだす。

一冊のB5サイズのノートを日記帳として使いはじめたのは、小学校六年生のとき。以来、なにかあるたびに日記を書いていて、社会人になってからはきちんとした日記帳を使っている。全部で二十冊くらいになっている私の歴史。

日記をつけはじめたきっかけは、小学六年生のとき見た恋愛映画。主人公が自分の書いた日記を子どもに読み聞かせているシーンを見たことから。

あの映画の主人公のように、私もいつか子どもができたら読んであげたいと思った。膝の間に子どもを入れて、一緒に声に出して私の歴史を教えてあげたかった。

「でもな……」

今年になってからの日記をパラパラとめくってみる。

5月24日（金）
また美香さんに叱られた。
会議室を予約してとは頼まれたけれど、第一会議室とは聞いていなかったし、そもそも第二しか空いてなかった。
それなのに理不尽に叱られた。悲しい。

8月19日（月）
風邪も治り今日から出勤した。
けれど美香さんに『ゆっくり休めてよかったわね』と嫌みを言われた。
たしかに夏休み明けに寝込んだ私も悪いけど、あんなひどい言いかたしなくてもいいのに。

11月20日（水）

リカちゃんが私を名前で呼ぶようになった。

どこか見下されているような気がしても、私にはなにも言えない。

ああ、今日も胃が痛い。

みんなは光のなかにいて、私はまるでその影にいるみたい。

暗い場所にいる私のことなんて誰も気づいてはくれない。

光がまぶしすぎて、私はそこを見ることもできないんだ。


どれもこれも暗い内容ばかり。

これでは子どもに読んであげられない、と明るい話題を書こうとしても毎日の生活のなか、どこを探しても見つけられずにいる。

ときどき出てくる、〈晴海と映画を観にいった。〉くらいしか楽しいことがない記録にため息が出る。

みんなどんな毎日を過ごしているんだろう、と不思議な気持ちになる。

美香みたいに社内でなんでも言えるような強いポジションになれば、きっと楽しいと思う。実際、あの人はいつだって言いたいことを包み隠さずに相手にぶつけ、その反応を楽しんでいる。ぶつけられたほうの痛みなんて知りもしないで好き放題。

たとえるなら美香はハリネズミ。近寄られれば、私はそのトゲで傷つくだけ。もっとうまく立ち回りたいけれど、才能のない私には身を守る術もない。いつか言い返してやりたいと思うし、あまりにも理不尽な叱られかたをしたときは爆発しそうになることもある。

私もハリネズミの鎧を身に着けたなら、きっとこんな息苦しさも感じずに済むだろう。けれど、私はその術を知らない。積みあげられた経験もなく、意見を主張する勇気も出ない。

リカは新人なのに、たくさんの先輩とうまくやっていると思う。誰よりもギリギリに出勤しても、文句を言われることもない。美香にだって気に入られているし、男性スタッフからの受けもいい。

「不公平だよね……」

ノートに今日の日付を書いてから、ふと思いだす。

さっきの晴海は少しヘンだった。

真面目だと思っていたけれどそうじゃない、みたいなことを言ってたよね？　それに恋愛で悩んでいる様子だった……。

「真面目じゃない恋愛ってなに？」

つぶやけば、嫌な予感が胸に生まれる。それってひょっとして不倫？　いや、それはないはず。学生時代に流行っていた不倫をテーマにしたテレビドラマの話すらも嫌がっていた記憶があるから。

なんだかいろいろなことが気になる夜。

百円均一で買ったボールペンを手に、一日の終わりに今日の日記を書こうと日記帳を開く。少しでも楽しく、明るい話題を……。

11月28日（木）

まだ誰も出勤していない会社で掃除機をかけていると、少しだけ気分が明るくなる。

きっと誰も気づいてくれなくても、少しでも会社の役に立てた気分になれるから。

けれど、今日も美香さんに呼びだされた。

私の企画であるマルチホッチキスは、おそらくこのまま進めても日の目を見ないだろう。

最初からやり直すにしても、締め切りは迫っている。

まあいいか、とあきらめてしまっている自分もいるんだよね。

どうせ誰からも期待されていないし、って。

ああ、今日も暗い日記になってるし。

がんばろう、という気持ちがどこかに落ちていないかな。


朝から嫌な予感はしていた。

ブラインドを開け、フロアに掃除機をかけ終わったころ美香が出勤してきた。

いつもより三十分も早い出社時刻に違和感を覚えながら挨拶をすると、普段はうなずくだけで絶対に言わない『おはよう』を私に返してきた。

さらに、

「いつもお掃除ご苦労さま」

なんて、聞いたことのないねぎらいの言葉まで。

あいまいにほほ笑んで、逃げるように給湯室へ行きポットを洗う。十二月になり、驚くほど水は冷たい。ポットに水を注いでコードをつなげると、フロアへ戻るが、まだ他に誰も出勤していない。

美香とふたりきりのフロアは、なんだか息苦しい。デスクに着きパソコンの電源を入れる。

「ちょっといいかしら？」

美香が私を呼ぶ声がした。いつもなら身を硬くするところだけれど、今日の声はやわらかく、親しみが込められている気がした。

「はい」

「新商品の企画書、間に合いそう？」

美香のデスクの前に立った途端、そう尋ねられた。

「あ、はい。なんとか明日までには……」

実際はなにもできていない状況。でも、そう言うしかないわけで……。

嫌みのひとつでも言われるかと思ったけれど、今朝の美香は違うらしい。座ったまま久しく見ていなかった笑顔で私を見あげてくる。

「今できてないなら、もう企画書はやめて他の仕事を手伝ってくれない？」

「え？」

「急な仕事が入ってね。新商品のほうは今からじゃ間に合わないでしょ。こっちならあなたの名前が担当者として記されるから」

ポン、と裏返しになった書類の束を叩いた美香。

「あの……」

「締め切りは同じく明日の金曜日まで。だけど、そんなに難しい仕事じゃないわ。どうする？」

どんな仕事なのか分からないまま受けることなんてできない。仕事内容を質問してみればいい。そしてどちらをやればいいのか決めればいい。

頭では分かっているのに、私は蛇ににらまれた蛙。言葉を発することもできずにうなずくだけ。

「よかったわ。必ず明日までにメールで業者に送ってね」

ピン留めされた書類の束を渡した美香。その顔にさっきまでの笑顔はなく、化粧っ気のない無表情で、

「もう戻っていいわよ」

と、言い放ち自分の仕事に戻ってしまう。

先ほど感じた嫌な予感が現実になることを私が知ったのは、それから数分後のことだった。


最後のスタッフが帰ってから、どれくらい経ったのだろう？

時計を見ると九時を過ぎてしまっている。誰もいないフロアは私の周り以外、照明も落とされスポットライトのなかにいるみたい。

暖房までもが切られたフロアは、足元から寒さが這いあがってくる。

「あーあ」

何度ついたか分からないため息をディスプレイに向かって吐く。画面に表示されているのは〈百円均一ショップ用　鉛筆（E-3026）発注書〉の文字。右下に〈井久田菜摘〉と自分の名前がバックライトに浮かびあがっている。

美香に頼まれた仕事は、ちっともラクなものではなかった。

百均用の大量生産の鉛筆。その発注書を作るのに丸一日費やした。さらに、原価計算や業者選定、納期の確定などの業務がほとんどで、コストをなるべく抑える商品に私のアイデアが入る隙は一切なかった。

明日までにまとめなくてはならないため、営業部や販売部の人たちに頭を下げ続けてヘトヘト。

年末進行のため十二月中の納期は厳しく、『なんでもっと早く言わないんだ』と嫌みばかり言われいつも以上に落ち込んでしまう。

美香が優しかったのは、私にこれを押しつけるためだったんだ……。先日の企画書がボツになったのも、この仕事をさせるためでは？　と、余計な勘繰りまでしてしまう。

なんとか出来あがった発注書を、美香をはじめ各部署にメール送信すると、もう十時を回っていた。最終のバスにも間に合うかどうか……。

「こんなの、私の仕事じゃないもん」

恨み節をつぶやいても、やりたい仕事では結果が残せないのも事実。今夜は日記を書くのは控えたほうが良さそうだ。

いつもの負のスパイラルがはじまりそうで断ち切るようにパソコンの電源を落とした。

さっきよりも暗くなるフロアに、ますます気持ちが重くなるよう。

ふと、デスクの上に置かれた缶コーヒーの存在を思いだす。

帰る前に江島がくれたものだ。『手伝うよ』と言ってくれたのに、私は断ってしまった。半ば意地になっていたのかもしれない。

江島はダメな私にいつも優しくしてくれている。怒られているときもすぐに駆けつけてくれるし、分からないことがあっても自分から尋ねられない私の様子をさりげなく気にかけてくれている。

今度会ったらきちんとお礼を言おう……。

それより早く帰って寝なくちゃ、と椅子を引いて立ちあがった瞬間だった。

――ドンッ。

破裂したような音とともにフロアがぐわんと揺れた。続いてガラスが割れたような音が聞こえた。

地震……？

中腰のまま様子をうかがう。けれどしばらく待っても、もう揺れは感じられない。無言のまま様子を見ていると、誰もいないフロアが急に薄気味悪く感じる。

なんとなく焦げくさい気がする。窓に駆け寄り外を見やった私は思わず息を呑んだ。

ガラス窓の向こう側が灰色に煙っていたのだ。外で誰かが叫ぶ声が小さく聞こえる。

はっきりと確認できる濃さの煙がゆらゆらと漂っている――。

――ジリリリリリリリ。

大きな音が頭上から鳴り響き、悲鳴が口から漏れた。

『火事です、火事です。安全を確保し、非常口から外へ速やかに避難してください』

抑揚なく告げる機械のアナウンスに我に返る。

「火事……」

嘘でしょう？　が、こんな時間に避難訓練のわけもない。

ロッカールームに荷物を取りにいこうとして足を止めたのは、出入り口のドアのすき間からドライアイスのような煙が侵入してくるのが見えたから。そこでようやく現実と思考が一致する。

本当に火事が起きているんだ……。そう思った途端ガタガタと足が震え、フロアの中央でしゃがみ込んでしまった。

「どうしよう。どうしよう……」

どんどん煙はフロアに入ってきており、少しずつ息苦しくなってきた。意を決してオフィスのドアを開けると、煙った視界の先に灯っているはずのエレベーターランプは……消えている。

熱せられた廊下から逃れドアを閉めた。

まだ受け止められない現実のなか頭をめぐらすと、非常灯の緑色を目が捉えた。

逃げなくちゃ。

非常階段へと進もうとしたとき、音もなくフロアの電気が消えた。同時に繰り返されていたアナウンスもぶつ切りで途絶える。真っ暗になったフロアの先、窓の外はもう灰色ではなくオレンジ色が揺らめいている。

炎はすぐ下まで来ている……。

手探りで非常階段のドアを開けると、一気に黒い煙がなだれ込んできた。それはまるで私を襲うように一瞬で私を取り囲んだ。息が吸えなくなり、その場に倒れ込みそうになるのをなんとかこらえる。

階段の下からすごい勢いで煙が押しよせていて、生まれて初めて絶望感を覚えた。けれど迷っている時間はない、と自分に言い聞かせる。

屋上……とにかく上へ逃げるしかない。

ハンカチを口に当てて、這いつくばったまま階段を上る。階下には赤い炎がチラチラと見えている。酸素を求めて息を吸おうとすれば黒煙が喉をひりつかせ、瞳には痛さで涙があふれてくる。

これは現実に起きていることなの？

まだ信じられない頭のまま、一段ずつ体を運んでいく。

下の階には衣類メーカーの事務所兼倉庫がある。そこからの出火だとしたらこちらへ燃え移るのも時間の問題だろう。

でもなぜ、こんな時間に倉庫から出火するの？　ちらりと疑問が頭をかすめるが、今はそれどころではない。臭いが息を苦しくしていく。

意思とは反して手も足もなかなか前に出ない。

踊り場まで来たはずの私は、次の瞬間、仰向けに倒れていた。

頭がぼんやりとしていて、体に力が入らない。もうダメだ。私はここで死ぬんだ。

バチバチと小さな音を立てて、建物が燃えているのが分かる。遠くで小さくサイレンが重なって聞こえていた。

そのときだった。霞む視界に、誰かが立っていることに気づいた。

「助けて！　ここです。ここにいま――」

乾いた声を出せば、息苦しさにむせかえる。

苦しい。苦しいよ。

私を助けに来てくれたの？

手を伸ばそうとしても、右腕は動いてはくれない。そばにいる人も黙って立っているだけ。黒いシルエットが煙の向こうに見え隠れしていた。

ああ、そうか……。きっと死神が迎えにきたんだ。まだ二十四歳なのに、私の人生は終わってしまうんだね。

でも……それでいいのかもしれない。

仕事はもちろん恋愛すらできず、苦しいだけの毎日。こんな日々が続くなら、ここで死んでしまったほうがいい。私がいなくなっても誰も悲しまないだろう。

体が熱い。熱くて痛いよ。

「……私、死ぬんだね」

どこかホッとしている自分が不思議だった。こんな状況なのに、恐怖は薄れ、全部がどうでも良くなる。

こんな人生なら、もう一度違う人になってやり直したい。そのほうが、何倍も幸せだろうな……。今度こそ幸せな日記を綴れる人生を送りたい。

走馬灯のように思い出が脳裏に流れることもなく、ただ生まれ変わりを願う最期。やがて、視界が黒色に塗りつぶされていく。

——人は死んでしまったらなにもかも失うと思っていた。

音も、感触も、風すらも感じられなくなるだろう、と。

実際は、生きているころとあまり変わりがないみたい。

暗闇の世界では、まだ遠くにサイレンの音が聞こえている。肌を刺すような冷たい空気、そして背中にはアスファルトの硬さまでリアルに感じる。

薄目を開けると、遠くの空にふたつ星が光っていた。顔を右に向けると、どうやらビルの屋上にいるらしく、斜め向かいに見えるビルが炎に包まれている。

黒煙が空に昇り、なんだか美しくさえ見えるそれが、さっきまで私がいた場所だと気づく。

「私……」

ゆっくり体を起こす。上着はところどころ真っ黒に汚れ、左腕がギシギシと痛んだ。見ると服は焼け焦げ、間からのぞいている肌には大きな水泡ができている。

死んでも痛みを感じるなんて、想像していなかった。

「痛い？」

声に顔を上げると目の前に若い男性が立っていた。夜を背負って立つ彼は、背が高くて伸びた黒髪が風に躍っている。髪の間から見える瞳は切れ長で、私よりも少し年下の印象。

突然の出現にもかかわらず、驚くこともなく自然に受け入れていたのは非日常の事態が連続していたからかもしれない。

「……死神？」

思わずそう尋ねて、「ううん」と口を押さえる。白いセーターにジーパンを穿いた死神なんていないだろう。

が、彼は膝を曲げて私と同じ目線になると、

「死神みたいなものかもね」

とニコリともせずに言うから、つい視線を逸らしてしまった。

見覚えがないのにどこか懐かしく感じるのは、きっと私をあの世に連れていく人だからなのかもしれない。

燃えていたビルは消火活動が続いているのか、どんどん炎の勢いを失くしている。

「あなたが助けてくれたの？　死神なのにどうして？」

質問だらけの私に、彼は少し考えるように目を伏せてから口を開いた。

「どちらかと言えば、守護神みたいなものかな。まあ細かい設定は気にしないで」

「でも……気になるよ。だって、もうダメだとあきらめていたのに」

「助かったからいいじゃん」

肩をすくめる男性に、さっきよりもたくさんの疑問が湧いてくる。

「でも……あのビルからここまでどうやって運んだの？　それにすごい炎だったよね？」

ビルのほうをさす人さし指が、煤で真っ黒になっていた。そのとき初めて、私は死ねな

かったことを実感した。

感謝するべき場面なのに、モヤモヤとした感情がお腹のなかでざわめいている。

「いちいち気にする人だね。いつもそんなふうに悩んでばっかりなんでしょ？　職場だとなおさらだろうね」

「なっ……」

あまりに的確な指摘に口をパクパクする私を見て、彼は薄い上唇をカーブさせた。それは初めて見る彼の笑顔だった。

「図星だった？」

「あ、あなた誰なのよ」

思わずムッとする私に、彼はポケットからスマホを取りだして指で操作する。見たことのない機種で、簡単に折れてしまいそうなほどの薄さだった。

「説明するより見せたほうが早い、ちょっと待ってて」

ほら、と見せてくる画面はバックライトがまぶしくて顔をしかめてしまう。

そこには〈網瀬《あみせ》篤生《あつき》〉と書かれている。

「あみせあつき？」

「そうだよ」

画面を消して再度ポケットにしまう篤生。

「井久田……菜摘です」

私も自分の名前を名乗ると、篤生は「うん」とうなずいて、

「じゃあ菜摘って呼ぶよ。菜摘も僕のことを篤生って呼んで」

と勝手に話を進める。

なんだか少し変わった人みたい。それでも、この状況からみて命の恩人なのは間違いない。こんなビルの屋上まで私を運ぶのは大変だったろうな……。

ふう、と知らずため息を落としていた。

たしかにあのとき、自分の死を受け入れたはずなのに……。ああ、これからまたつらいだけの毎日が続くんだ。あの瞬間覚えた解放感が忘れられない。

やっとラクになれると思ったのに。

それでも……社会人として彼にはお礼を言わないと。

「篤生くん、助けてくれてありがとう」

頭を下げる私に篤生は、なぜか顔を赤らめた。

「呼び捨てでいいってば。それに、ちっとも感謝してるふうに聞こえないし」

「そ、そんなことは――」

言い訳しようとする私を右手で制すと、篤生はまっすぐ視線を向けてきた。

「君の人生は一旦終わった」

さっきまでの軽やかな口調とは違い、トーンを落とした声色。

「え？」

「上司に怒られてばかりの毎日。同僚もなぐさめてはくれるけれど男の話に夢中。新人にすらバカにされている気分だよね？　学生時代の友達は不倫しているっぽいし、母親は口うるさい。たしかに死にたくもなるよ」

「え……なんで知ってるの」

小声が冬の風に流されていく。寒さで痛い頬すら忘れるほど、私は茫然としていた。なんだか占い師に言い当てられている気分。

——みんなは光のなかにいて、私はまるでその影にいるみたい。

以前日記に書いたことが胸の痛みと一緒に脳裏に浮かぶ。

もう私は声を出すこともできずに、ただ篤生の口元を見ていた。

「だけどね。今日から生まれ変わるんだ」

「意味が分からない」

素直な感想を口にすれば、篤生は「だろうね」と平然と答えた。

「この冬、君は死ぬ運命だった。それを回避したことで、新しい人生が待っているだろう」

なんだかドラマのセリフのような言葉。意味は分かるが理解できずにいると、篤生はゆっくりと立ちあがった。上弦の月をバックにし、彼の表情が見えにくくなる。

白く輝く月は、さらさらと光を降らせている。幻想的な光景のなか、篤生はすう、と息を吸った。

「死ぬ運命を回避できたのは、『生きること』を強く願ったからだ」

生きること……？　私が？

「違う……。そんなはずないよ」

否定するのにも勇気が必要だった。けれど、本当に違うと思ったから。あの瞬間、私は自分の死を受け入れたはず。

「どう違うの？」

不思議そうな篤生に、

「それは……」

言葉が続かない。あのとき覚えた幸福感が、今は絶望に変わっている。どうやって言葉にすればいいのか分からない。

「ほら、それだよ」

私を指さす篤生の人さし指をぽかんと見つめた。

「そうやって言いたいことを言わないから、菜摘は自分のなかにいろんなものをため込むんだ。心の声はきちんと吐きださないと」

なぜだろう。篤生の言葉が素直に心に落ちてくる。心の水面はざわめかず、しんと落ち着いた気持ちになるのを感じた。

「あのね、篤生くん」

「篤生」

「あ、篤生……」

そう口にしてから、私は自分の気持ちと向き合った。こんな経験は初めてのことだった。

「煙に巻かれたときね……私は『やっと死ねる』って思えたの。自分でも気づかないうちに生きることをあきらめていたみたい。ううん、むしろずっと死にたかった。だから、私が『生きること』を強く願ったのは違うと思う」

助けてくれたのに失礼じゃないかとも思うけれど、心の声はそう言っている。

が、私の言葉に反論するそぶりも見せず篤生は満足そうにうなずいた。

「君の深層心理、そこで最後の瞬間に君は『生きたい』と願ったのかもしれないよ。いずれにしても死をも回避するくらいの強い力が働いたんだ」

「でも、そんなに強く願ってはいない気が……」

気弱にもしつこく口にする私に、篤生は浮かべていた笑みを消した。

「今回の死を回避したとしても、それは執行猶予がついたようなものなんだ」

「執行猶予？」

「六年後の十二月十五日、つまり二〇二五年の十二月十五日がタイムリミットになる。それまでの間、運命は幾度となく君に〈死〉を与えようとするだろう。それを自分の力で乗り切れば、晴れて君は自由の身になれる」

「そんなに何度も死にそうになるの？　あ、あの……それはいつのことなの？」

意味の分からない会話に、ついていくのに必死だった。

「いつ訪れるか、今は言えないんだ。菜摘が流されずに毎日をしっかりと生きていれば分かるはず。だから、これからはちゃんと自分の意思をしっかり持って生きるんだ」

六年後の十二月十五日まで何度も死にそうになる？　それってあまりにも現実味がなさすぎる。

「ごめん……。ちょっと整理ができないよ。そもそも、あなたは誰なの？　六年後ってなんで？　どうして私にそんなことを……」

目線を逸らしてみれば、さっきまで燃えていたビルは鎮火されたらしく暗闇に姿を潜ませ、消防車の赤いライトだけが見えていた。これは本当に現実に起きていることなのだろうか……。

「僕は菜摘の案内人ってところ」

「全然理解ができない」

首を振る私を見つめる篤生の瞳は、なぜか悲しそうに見えて私まで落ち込みそうになる。

「さっきも言ったけれど、この冬、菜摘は死ぬ運命だった。なんとか生き延びたとしても、顔に火傷を負い、君から笑みを消してしまっていた」

「そういう運命だったってこと？」

不思議な会話になんとかついていこうとしても頭の中は疑問符だらけ。

「僕が君を助けたことで、運命は変わった。左手の軽い怪我だけで済んだのもそのおかげだよ」

篤生の言葉に左腕を見れば、忘れていた痛みがまた生まれた。私の視線を辿るように腕を見た篤生がうなずく。

「その傷はすぐに治るけれど、薄く痕は残ってしまうだろう。だけど、本来背負うはずだった〈運命〉に比べれば大したことはない。ほら、僕も」

篤生は右手の甲を私に見せてきた。そこには私と同じように火傷の水膨れがいくつもあった。私のせいで篤生に怪我をさせてしまったなんて。

「……ごめんなさい」

いたたまれずに頭を下げる私に、彼の声が届く。

「いいさ。その分約束して。今夜から生まれ変わる、って誓うんだ」

もう返事もできず、足元を見つめる私。美香に怒られているときと同じく名札を無意識に触っていることに気づき顔を上げると、篤生の口元がゆるんでいた。

「たとえ他人に誇れなくとも、自分を卑下することなく生きてほしい。自分の心に嘘をつかないでほしい。毎日笑っていてほしい」

「そんないくつも覚えられないよ」

初対面なのに、さっきから気持ちのまま反応していることに気づく。

篤生は納得したようにうなずいた。

「たしかにそうだ。それじゃあ、これだけは約束。毎日を流されずにしっかりと生きて」

「……うん」

うなずく私を見て、篤生は目を細めた。

「君の人生は始まったばかり。また十二月に会いに来るよ」

そう言った篤生は、文字通り目の前から姿を消してしまった。瞬きした瞬間に、まるで風に溶けるように。

「……篤生？」

つぶやく自分の声を聞きながら、私の視界は再びブラックアウトしていった。

幕間

人は、失ってはじめて気づく愚かな生き物。
あの火事の日、燃え盛る炎とともにあなたの世界は色を失くした。
それまであった平凡でたいくつだった日々。
それがどんなに大切で素晴らしいものだったのか、あなたは知ることになる。

時間は戻ることなく、あなたは後悔にもがき苦しみながら、それでも生き続けた。
絶望感が空気のように漂う毎日は、どんなに苦しかっただろう。
悲しみや苦しみの感情、やがてそれはそばにいる人にも感染していく。

だから、僕は願った。
運命が襲ったあの夜のあなたを助けたいと。
この先、あなたにとっての冬が、試練の連続になるとしても……。

二十五歳／仮面が割れる音が聞こえた

「もう二十五歳になったんやねぇ」

伯母である千恵子《ちえこ》が、年齢の話をしだしたら要注意だ。

誰も口にしないけれど、食事会の席がピリリと引き締まるのを感じた。

自宅近くにあるチェーン店の居酒屋は私たち親族以外客もおらず、千恵子の甲高い声は、集まった親戚全員にもれなく聞こえていただろう。

この流れはいけない、とトイレに立つふりをして掘りごたつから出ようとする私の肩をつかんだのは母だった。

「そうなのよ。姉さん、言ってやってよ」

笑顔のまま肩に思いっきり力を入れてくるので、あきらめて座り直すしかない。このそっくりな姉妹は意味の分からない「ねぇ～」をハモッてから私の顔を両サイドからのぞき込んでくる。

「菜摘ちゃん、いい人いないの？」

「もう二十五歳だっていうのにいないみたいなの」

ふたりの攻撃に私はあっけなく白旗を掲げるといういつもの流れ。

「べつに……誰にも迷惑かけてないでしょ」

が、ここぞとばかりに母は火照った顔を近づけてくる。むわんと日本酒の匂いがして顔をしかめてしまう。

「迷惑じゃないわよ。だけど、お母さんを安心させてって言ってるのよ」

「そうよ。あんまり泣かせちゃダメよ。それになにその服、もう少しオシャレしたらいいじゃない。化粧だって薄すぎるわよ」

普段はお互いの悪口を言い合っている姉妹のくせに、こういうときだけ連携プレーに転じるのはやめてもらいたい。周りの親戚は、聞こえているはずなのに我関せずで他の話題に興じている。

「ジーパンがラクなんだもん。それに化粧だって、休みの日くらい自由にさせてよね」

十年前に亡くなった祖母の法事は、毎年十一月最後の日曜日に行われる。といっても、祖母を偲ぶ言葉もこの数年はなく、ただの飲み会と化してしまっているが……。

助けを求めて一歳違いの従妹の智子《ともこ》に視線を送るが、彼女は今年二歳になった子どもの面倒で忙しく見てもくれない。

「もう」と、ぬるいビールを喉に流し込んでもこの話題は終わらない。母に逆らえないのが分かっているのだろう、父までも近づいてくることはなくチラチラとこちらを気にしているだけ。

千恵子が居ずまいを正した。

「でもね。そろそろ結婚しなくちゃ、困るでしょう？」

真剣な顔を千恵子がすれば、お説教タイムのスタート。母ももちろん加勢に回り、わざとらしくため息をつく。

「困るわよねぇ」

困るのは私であって、母や千恵子ではないのに。不満を口にしようものなら何倍にもなって返ってくるから言わないけれど。

言いたいことを言えないのは職場と同じだな……と落ち込みそうになる。そんな私のことを気にもせずに千恵子は首をかしげる。

「好きな人もいないの？」

「いないよ」

「会社で独身のいい男くらいいるでしょう？」

「いないってば」

ふと、江島の顔が浮かんだ。

単に独身のキーワードで連想しただけだ。だって他のメンツは彼女がいるか、年下の新人くんなわけで……。

世の中、沙織みたいに合コン三昧でもしない限り、出逢いなんて転がってはいない。

「お見合いしなさいよ。じゃないと一人前になれないわよ」

母がここぞとばかりに声を張りあげる。

ああ、やっぱり来るんじゃなかった。適当にうなずきながらグラスの輪ジミをぼんやりと眺めた。

「でもねぇ」

千恵子の声色が少し優しく変わった。

「火事のときの火傷がたいしたことなくて本当によかったわよね」

「あ、うん」

そう言った千恵子に素直にうなずいた。

あと数日で十二月。そうなれば、あの火事から一年が過ぎたことになる。出火はやはり、下の階の倉庫からだったらしい。新聞には漏電が原因だと載っていた。

ふいに、あの夜の記憶がリアルに蘇り、頬に鳥肌が立った。無意識に当てた手をさりげなく下ろしながらも、一度再生された記憶は止まらない。

あの夜、意識を取り戻した私は隣のビルの屋上にいた。網瀬篤生と名乗る不思議な人と話をして、次に気づいたときには病院のベッドの上だった。

篤生といたビルの入り口に倒れていたそうだ。

あとで聞いた話だとひどい火事だったそうで、会社の入っていたビルはあっという間に炎に包まれたらしい。

警察や病院の人には『こんな軽い怪我で済んだなんて奇跡的だ、どうやって隣のビルまで逃げたんだ』と聞かれたけれど、必死に逃げたとしか説明できなかった。

それから数日会社を休んだっけ……。

あのとき篤生に言われたこと、そしてあの真剣なまなざしは今もはっきりと覚えている。

六年後の十二月十五日がタイムリミット……いや、あれからもう一年が経つのだからもう五年後のことだ。

幾度となく訪れる死から生き延びなくてはならないなんて、やっぱり現実とは思えない。けれどこの一年ずっとあの言葉が心に刻まれているのもたしかなこと。

「もう火傷の傷も消えたんでしょう?」

母の声に我に返った私は、無言で左腕の袖をめくった。

篤生に残ると言われた火傷の痕は、薄暗い照明では見えないほど消えていた。傷が薄れていくとともに、篤生の言った『毎日を流されずにしっかりと生きて』という言葉も全てが曖昧になっていく気がした。

結局私は、今もぼんやりと一日をやり過ごしているだけ。新しい人生なんて、訪れはしなかったんだ。

「菜摘、聞いてるの?」

母の私を責める口調に、私は一度だけ目を閉じた。一瞬後には、作り物の笑顔を顔に貼りつけている。

「大丈夫。まずは恋人ができるようにがんばるから安心して」

そうやって今日も、嘘をついて生きている。

昼休み直前、美香がデスクから立ちあがったのを見て嫌な予感はしていた。

最近では大きなミスは少なくなっているけれど、またなにかやらかしたのだろうか……。いや、新入社員の教育で今、美香は忙しいはず。

だが、美香はまっすぐに私のデスクに向かってくる。そして目を合わせると少しほほ笑んだ。

やっぱり私に用事がある、ってことだよね……。

今日から十二月。新しい月、そして今年最後のひと月のはじまりに、またブルーにさせられるのかと心の中でため息をこぼす。

私のそばにくると、美香は書類を片手で渡してきた。見覚えのある表紙に思わず立ちあがっていた。

「これ、井久田さんが書いた企画書でしょう？」

今年の夏のコンペで入社して以来初めて商品化が決定した〈左利き用文房具セット〉の企画書だ。

ハサミや定規、ペンなど全て左利きの人専用の文具をセット販売するというもの。最近、大手文具店では〈左利き用〉のコーナーを作っていることからヒントを得た商品だったけれど……。

「なにか不備がありましたか？」

「いやだ、そんなんじゃないわよ。もっと自信持ちなさいってば。試作品作成の依頼書を作ったの。出しといてくれる？」

よほど安心した顔をしたのか、

「そんないつも怒ってないでしょうに」

美香は少し声のトーンを落とした。ハッと顔を見ると、苦笑していたので胸をなでおろしながら、

「そういう意味じゃないんです。申し訳ありません」

と慌てて否定した。

「謝らなくていいのよ。むしろ、みんな感謝してるのよ。火事のおかげであの古くさいオフィスが、こんなキレイな場所に変わったんだから。まあ少し駅からは遠くなったけどね」

ニッと笑う美香。だが、その言いかただと火事の原因がまるで私にあるとでも言っているみたいだ。

あの火事でオフィスだけでなくビル自体が全焼してしまった一年前。翌月からすぐ新しいオフィスに引っ越せたのはもともと借りていた不動産会社の力が大きかったと聞く。

この新しいオフィスは以前のビルの近所にある十階建てビルの五階部分にある。座席や機器の配置は以前と変わらないものの、ガラス張りの広いフロアは新築の匂いがまだ残っている。

美香の言う通り若干駅からは遠くなったけれど、見た目も快適さも前と比べれば雲泥の差だ。それもこれも全部、火災保険のおかげなのだが……。

「いえ、そんな……」

反論することもできず私はあいまいにほほ笑んだ。

「とにかく、先方に急いで送ってほしいの」

美香がクリアファイルに書類を入れて渡してきた。こめかみのあたりに白髪を見つけ、慌てて手元に視線を落とす。

……あれ？

違和感の正体は、クリアファイルの一番上に挟まっている名刺。そこには〈中央《ちゅうおう》企画《きかく》制作《せいさく》〉という会社名と、開発部の肩書きの横に名前が記してある。

「あの……」

言いかけた私に、美香は「急ぎでね」と念押ししてフロアを出ていった。これからランチに行くのだろう。

席につき名刺とにらめっこをする。いつもなら、試作品の依頼書は別支社にある同じ社内の〈制作部〉に依頼するはず。わざわざ外部の中央企画制作に依頼するのは、うちで取り扱えない大型文具のときだけなのに……。

いぶかしく思いながらも、このまま美香が戻ってくるのを待っていれば怒られることは確実。

沙織に相談したいところだが、彼女は夏にできた彼氏と毎日昼休みになると廊下で電話をしあっている。

「主任……」

江島のデスクを見ると、電話の真っ最中らしく目線は合うが応答に忙しい様子。

とにかく言われた通りに出したほうがいいだろう。

私は封筒に一式を入れると、宅配便の伝票を貼りつけフロアを出た。エレベーターに向かう私に気づいた沙織が、にこやかに片手を振ってくる。その顔の幸せそうなこと。

一階にある集荷ボックスに封筒を入れてからデスクに戻れば、もう十二時二十分。急いでランチにと昨晩買っておいたスーパーの売れ残りのパンを食べていると、ようやく沙織が戻ってきた。

「遅くなっちゃった。急いでお弁当食べなきゃ」

なんて焦ってみせるけれど、

「マー君が全然切らせてくれないんだよ」

結局は自慢話をしたい様子。幸せの絶頂なのだろう、本当にうれしそうに笑っている。たくさん恋をするってことは、たくさんの幸せな時間を体験できるってこと。恋愛経験がひとつもない私にとっては知らない世界でしかないけれど、沙織が幸せならそれでよかった。

私が出逢いに消極的なのは、自分に自信が持てないから。余裕がないから。結婚に対し魅力を感じていないから。それから……。

できない理由を探すのはいつだって簡単だ。

「はいはい」

軽く流しながら、沙織がお弁当の蓋を取るのを見た。料理教室に一年通ったことで、沙織の料理の腕は格段に上達している。

「マー君にも作ってあげてるの？」

色とりどりのお弁当は、まるで料理本に出てきそうなほどおいしそうに見える。大葉に巻かれたつくねに、玉子焼きの中には薄いピンクの明太子。

ブロッコリーを口に放り込んだ沙織が「まさか」と、はにかんだ。

「マー君、今忙しいからさ、週末に会うのがやっとなんだよね」

「ふうん」

「菜摘もそろそろ誰か見つけなよ。もう二十五歳でしょう？」

ここでも出てくる話題に、一瞬言葉に詰まってしまう。そして、私は今日も嘘の仮面を貼りつける。

「まだ二十五歳だもん。そのうちね」

「そのうち、って去年からずっと言ってるじゃん。そのパンみたいに、気がつけば割引セールになっちゃうんだからね」

幸せな人は、自分の物差しで相手を見る。沙織に悪気はないんだろうけれど、見下されている感は日々増している。って、少し卑屈になりすぎているのかな?

恋人ができた沙織は前にも増して輝いていて、それは勝者だけに許される優越感のように私には思えた。あまりにまぶしくて、私は劣等感をお腹に溜めていくしかない。

割引のシールを隠すようにパンを持ち直す。

「今回の恋は本物なの?」

精いっぱいの反撃にも沙織は動じないで大きくうなずいた。

「もちろん。あたし、マー君とはきっと幸せになれるって分かるの。ふふ、そのうち重大発表しちゃうかもよ」

「そうなんだ」

愛想笑いを浮かべれば、また少し沙織との距離が遠くなるよう。

さっさと食べ終え給湯室へ行き、くたびれたスポンジでマグカップを洗っていると、江島が入ってきた。

「聞きましたよ。〈左利き用文具セット〉の話、動きだしたんですね」

「ありがとう……ございます」

なんと返事していいのか分からずに、手早くマグカップの泡を洗い流す。話すのを拒否していると思われたくなくて話題を探すけれど、こういうときにどんな話をしていいのか分からない。

そんな私に、

「なにかあったらいつでも言ってくださいね」

そう告げてフロアへ戻っていく江島を見て、ようやく彼が給湯室に用事があったわけではないことを知った。私を励ますために来てくれた……？

うれしさのあと、すぐにきちんと対応できなかった後悔が顔を出す。

コミュニケーション能力がないせいで会話を続けることもできないなんて……。人生のレールにうまく乗れずにいる私は、この一年でなんにも成長していない。毎日は楽しくなるどころか、どんどん嫌気ばかりが増えていく。

そして、またため息。

12月1日（火）

気がつけば12月になっていた。

もうあの火事から1年が経つなんて信じられない。

日記を見直してみたけれど、やっぱり明るい話題は少なかった。

いつか子どもに読み聞かせたくても、そんな予定もないけれど。

沙織は幸せいっぱいで無敵状態。その分、なんだか自分の存在が小さく感じてしまうの。

私もあんなふうに輝きたい。

篤生との約束も守れないまま、同じところをぐるぐる回っている気分。

永遠に抜けだせない迷路のなかで、巣立っていく人を見送っている。

12月にまた来るって言っていたけれど、本当に篤生は現れるのかな？

少しだけでも成長したことを伝えたかったのに、もうあきらめている。

ああ、今日も暗い日記になってるし。

もう寝ます。おやすみなさい。

翌日は一日曇り空だった。

デスクの向こうにあるガラス張りの窓からは、重さを感じさせる雲が空を覆っている。気持ちとシンクロした気分だ。

終業時間になろうかという直前、フロアの空気が変わるのを見た。

営業部の社員が今日の報告をしていたと思ったら、急に口を閉ざしたからだ。彼らの目線はフロアの入り口に注がれている。見ると、普段は役員室にいる専務がフロアに入ってくるところだった。

沙織が小声で、

「3O《スリーオー》のお出まし」

と口にしたので軽くうなずきながらも視線を外せない。

3Oというのは、大柄で横柄で大声の専務のことで、今となっては誰が最初に言いだしたか分からないニックネーム。

実際、四十五歳という若さで専務にまで昇進した彼に良い印象は皆無だ。直接怒られたことはないが、この二年間で彼発信の注意を美香経由で何度か受けている私。

たいていは、『愛想がない』『声が小さい』というような些細なものだったけれど。まあ、誰を前にしても挨拶すら逃げ腰になっているのはたしかに自覚している。

目上の人に弱いのは昔からで、学生時代も担任の先生とうまく話せなかった。もちろん校長先生となんてもってのほか。さらに会社では失敗ばかりで肩身も狭く、もはやいつでも弱気になってしまっている。

そのなかでもとくに専務の威圧感はことさら怖い。

沙織は『若くして専務になったから張り切ってるんだよ』と気にも留めていない様子だけれど、苦手意識を持っているのは私だけではないだろう。

ラグビーを今でもしているという大柄な体を動かし、専務が向かってきたのは美香の席。低い声でなにかを美香に言うと、彼女の頰がこわばった。そして、その視線が私に向けられる。

「井久田さん、ちょっと」

短く呼ぶ声に、フロア中の視線が集まるのを感じた。久しぶりに耳にした怒りを含んだ声に、返事をすることもできず美香の席へ急ぐ。

江島だけが心配そうに中腰になるのが視界のはしに映っている。

「この子です」

美香は私から視線を逸らさずに、専務に報告する。苦虫を嚙みつぶしたような顔で専務は私を見下ろしていた。

「君か」

と、うなるように言われ、うなずくのがやっとだった。

「昨日の依頼書、あなたどう処理したの？」

真っ赤な顔になった美香が尋ねたけれど、

「昨日の……？」

思考がまとまらずに視線をフロアに向けた。同時に何人もの社員が目を逸らす。まるで見てはいけないものを見たかのように。

「昨日、依頼書を制作部に出すように言ったわよね？」

「え……？」

制作部に？　違う……だって中央企画制作の名刺が挟まっていたからそこに送るものだって……。

フリーズして動けない私に、専務は舌打ちをした。

「なんで中央企画制作に送ったんだね？」

「それは……」

名刺が……と頭に文字が浮かんでも言葉に変換できない。

「〈左利き用文具セット〉は、うちのブランドとして発売することくらい分かっているはずだ。大型文具の開発で提携しているとはいえ、中央企画制作はあくまでライバル会社だろ。新商品の情報を与えるバカがどこにいる」

憎々しげに私を見つめる目に、小さく首を振るしかできなかった。そんな私に専務はますます声を大きくする。

「新人でもあるまいし、こんな初歩的なミスをなぜするんだ！」

「……ません」

頭を下げると視界が一瞬で歪んで見える。心のなかでは『違う』と叫んでいた。でも、それを声にすることもできない。

今はただ、この嵐が早くやむことだけを願うしかできない。歯を食いしばって涙をこらえていると、

「だいたい、君がしっかりと監督しないからこんなことになるんだ」

怒りの矛先が美香へ向かっている。彼女は「申し訳ありません」と頭を下げてから私をにらんだ。

ゴクリと唾を飲み込んで恐るおそる口を開く。

「あの、違うんです。名刺が……」

「言い訳は結構だ」

事情を説明しようとする私を遮るように言った専務に、目の前が真っ暗になる。あの名刺が挟んであった意味はなかったってこと？

違和感を覚えたはずなのに、ちゃんと美香に確認しなかったことが悔やまれた。

いつだってそう。失敗してから気づくのに、それを活かせないまま同じミスばかり……。

「中央企画制作から連絡があり書類は破棄してもらえたが、発売日が漏れたのは間違いないだろう」

「……はい」

ようやく絞りだせた声は、きっと自分にしか聞こえていないくらいのボリューム。専務が息を吐く音のほうがきっと大きい。

「君のおかげで皆が迷惑している。謝罪の気持ちくらい言葉にしたらどうなんだね」

その言葉を最後に、専務はフロアへ来たときと同じく大股で出ていった。

「申し訳……ありませんでした」

ぽとりと涙が落ちた。床につけた染みもすぐにぼやけるほど、涙があふれてくる。悔しくて、悲しくて、苦しくて。

泣いていいちゃダメだと顔を上げると、美香はまだ冷ややかな視線を私に向けていた。

「新人気分もいい加減にしてちょうだい。少しはできるようになったと思ったらこれだもの。井久田さんがしっかりしてくれないと、私が怒られるのよ。ああ、中央企画制作に電話しないと」

無意識にまた右手がネームプレートを触る。私は、本当になにをやってもダメで、みんなからバカにされるだけ。違和感に気づいていたのに、なんでちゃんと確認しなかったのだろう。

指先でIKUTAの文字を感じても、もう心は落ち着いてくれない。むしろ、この会社の社員であることが恥ずかしく思えてくる。

何度も繰り返す同じようなミス。私のせいで皆に迷惑ばかりかける日々。私なんていないほうがいいのかな……。

「待ってください」

しびれた頭に聞こえる声に横を見れば、いつの間にか江島が隣に並んでいた。

「中央企画制作には私からも謝罪をしておきますから。それに、彼女が中央企画制作に送ったのにはそう思う理由があったはずです」

ムッとした表情の美香が視線を私に向けた。ピンと張りつめた空気を破るのがこんなに怖いとは思わなかった。

「井久田さん、話してください」

江島の優しい声に少し心が和らいだ気がして、私は恐るおそる口を開いた。

「あの……いただいた企画書に、中央……企画制作の名刺が挟んであったので」

言葉に詰まりながらも事情を説明すると、

「は？」

怒りを含んだ美香が呆れ顔になる。さらに険悪な空気が場を支配した。

「あなた、まさか資料をちゃんと確認しなかったの？　中央企画制作には詳細を伏せて見積もりを取ったのよ。見積書が入っていたでしょう？　そこにそのことも書いていたはずよ。ああ、それごと全部送っちゃったのね」

「え……」

スッと顔から血の気が引くのを感じた。そうだったんだ……。思い返せば名刺にばかり気を取られて肝心の資料については流し見しただけ。

「どうして聞いてくれなかったの？　報告・連絡・相談すらできないってこと？　あれは井久田さん、あなたの企画なのよ」

「悪気があったわけじゃないでしょう。誰にでもミスはあります」

上司である江島は、こうやって私のミスをいつもフォローしてくれる。おかげで助かることも多いけれど、相手が美香の場合はうまくいかないことのほうが多い。

今回も同じように、江島の言葉を聞いた美香は目を見開いた。

「悪気がなければいいのですかっ？」

怒りが沸点に達したらしき美香が大きな声を出した。その声にますます消えてなくなりたい気持ちになる。

「いえ、そういうことでは……」

「だったら黙っていてください！」

いつもの決まり文句を江島に叫ぶと、美香はキッとにらんできた。

「専務にあとで謝罪に行くから、あなたは始末書を書きなさい」

「はい」

頭を下げて、もう何枚書いたのだろうと情けない記憶を辿る。美香が床を鳴らして去り、やがてフロアにはいつものざわめきが戻る。

「あまり気にしないで」

江島の優しい言葉も、もう私には届かない。上司だから仕方なく江島もフォローしてくれているけれど、内心呆れているに決まっている。

〈退職〉の二文字がゆらゆらと脳裏に浮かんでいた。


駅へ向かう帰り道、足取りは重い。ただ自分の足元だけを見て歩く。天気は怪しく、歩く人たちもどこか急ぎ足に感じる。

人波に乗れない私はどんどん追い越され、気づけば道のはしで立ち止まってしまう。そして、またため息をこぼして歩きだす。

まるで自分の人生みたいなんて、少し笑ったあとに込みあげてくる涙と戦っている。

「辞めようかな」

そう口にしても、きっと明日にはまた会社へ向かうのだろう。選択することすら臆病になったのはいつ頃からだろう？

考える気力もないまま、気づけば通勤路から外れていたらしく脇道に入っていた。暗い路地の向こうに見覚えのある建物が黒いシルエットに潜んでいる。そこは、去年、篤生が私を助けて運んでくれたビルだった。

新しいオフィスに移ってからも通勤路ではないのに、たまにこの道を選んでしまうときがある。そのたびに私は、篤生のことを思いだす。

彼から勇気をもらった気がしていたけれど、あれは弱っている私が見た幻だったのかもしれない。

立ち止まり、黒い空を背景にそびえるビルを眺めた。あのときは屋上からの景色で、高いビルだと思っていたけれど、実際は五階建ての小さな建物だった。周りの建物が低いので目立っていただけで、火事になる前にいた会社のビルよりも若干高い程度だ。

今夜は、屋上に目をやっても暗闇に溶けてなにも見えない。

気づけば、街灯に吸い寄せられる虫のようにフラフラとビルに近づいていた。明かりの落ちた玄関ホールに人の気配はない。

篤生と出逢ってから一年。命を助けてもらった感謝の気持ちも今はほぼゼロに近い。むしろ逆恨みのような感情すら芽生えている。

「ほんと……あのとき死ねば良かったのに」

そうつぶやけば、大きな悲しみの波が心を打ち砕くよう。

大人になったと思っていたのに、昔からなにも変わらないで同じ場所をくるくる回っているみたい。あの火事の夜に戻れるなら、喜んで今度は死を迎えるのに……。

ひとりで考えごとをすれば、自己嫌悪の結論にばかり辿り着いてしまう。私はいったいなにをやっているんだろう。

やっぱり帰ろう、と歩きだそうとしたときだった。

「久しぶり」

目の前に篤生がニコニコと立っていた。

「キャア！」

思わず叫んで逃げだそうとする私の手をつかんだ篤生。その手を振り払うこともできずにぐんと引き寄せられる。

手から伝わる温度がやけにリアルだった。

「驚かせちゃったかな」

「あ……ううん」

「ちょっといきなりすぎた？　だけど幽霊でもあるまいし驚きすぎだよ」

「で、でも……」

やっぱり言葉は思考とうまく連動してくれない。顔を見れば、あの日会った篤生がいる。

白いセーターにジーパン姿で、あの夜と同じ格好に見えた。

ひょっとして夢だったのだろうかとも思っていたから、実際に現れるとどう対応していいのか分からない。

「篤生は……やっぱり死神なの？」

死にたいと考えていたところに現れたせいか、そんな質問をしてしまった。クスクス笑う篤生が本当に死神に見えてくる。

するりと手を解いた篤生が風を払うよう前髪を直した。

「また、怒られたみたいだね」

「な……」

「まあ君のミスなんだし、受け入れるしかないよ。専務も美香って人も、なにも君をいじめたいわけじゃないんだから」

「ちょ、ちょっと待ってよ！」

最近こんな大きな声を出したことがない。自分の声量に驚きながらも、胸のプレートを触ろうとして、今が会社帰りだと我に返る。

「どうして……どうして今日のことを知ってるの？　あなたはいったい誰なの？」

「誰、って篤生だよ。死神っていうより守護神」

去年も言っていた言葉に、頭が混乱する。

「今日のこと、見ていたの？」

「見てない。だけど、分かるんだよ。君は失意のどん底にいる。そこは去年よりももっと深い場所」

「深い場所……？」

尋ねながらも、答えはＹＥＳだと知っている。火事の夜に感じた絶望よりもっと深い悲しみに私は包まれている。それは遠い昔からあったのに、見ないフリをしているうちにどんどん濃くなっていった感情。

「毎日を流されずにしっかりと生きて」

その言葉にハッと顔を上げた。去年した約束を私は少しも守れていない。

篤生は少しほほ笑んでから、私の目を見る。

「僕の言葉は菜摘にはまだ届いていないようだ。君は自分で自分の価値を下げているんだよ」

「だって……どうすればいいの？　なんにもできない自分のダメさ加減を毎日毎日思い知らされているの。そんななかで、どうやってしっかり生きればいいの？」

込みあげる悲しみは涙になり頬をあっけなく伝った。泣いてばかりの毎日は、私が望んだ未来じゃない。悲しい日記ばかりを書いている自分から脱却したくても、私にはその術がない……。

そんな私に篤生はすうっと鼻から息を吸い込んで口を開く。

「君のそばに〈死〉の匂いがしている」

「死の匂い……」

褐色の瞳がまっすぐに私を捉えた。そこにある感情が悲しみのような気がして、思わず目を逸らしてしまう。

「この冬、君は死ぬ」

静かに告げられた言葉に、風船がしぼむように一瞬で体中から力が抜ける。くずおれるようにビルの入り口に座り込んだまま私は茫然と篤生を見あげていた。

「大丈夫？」

街灯が逆光になり彼の表情は見えない。

「もう……いい。もういいよ。十二月になったんだから今は冬でしょう？　だったら今すぐに殺してよ。もう、死んでしまいたい」

泣いてばっかり、叱られてばっかり、落ち込んでばっかり。

毎日が悲しいだけならば、なんのために生きているの？　しっかり生きるなんて私にはできないんだよ。

「物騒なことを言うんだね」

「だって、生きていたってどうしようもないもん。楽しいことなんてないし、つらいだけ」

「だからって死ぬの？」

不思議そうな顔をする篤生に大きくうなずいた。

そう、死んでしまいたい。口にしてしまえば、とても簡単なことのように思えた。全部をリセットできればまた新しい世界に生まれ変われるかもしれない……。

「ふん」

鼻から息を吐いた篤生は、腕を組んで私を見おろす。口がへの字に曲がっているのが確認できた。

「菜摘の死が、君だけの問題なら僕は止めはしない。でも、今回は違うんだよ」

「……どういう、意味？」

篤生はひょいと腰を曲げると、私と目線を合わせた。意外にも優しい目をして私を見ていて、さっき感じた悲しい色は見当たらない。

「想像してみて。たとえば菜摘の大切な友達が悲しんでいるとするだろう？　そうすると、君も悲しい気持ちになったりしない？」

こくりとうなずいた。すぐに浮かんだのは晴海の顔だった。

一年前、晴海が電話で悲しげに話していたことを思いだし胸が苦しくなる。あれから晴海が恋愛のことを話そうとするたびに私はその話題を避け続けた。

私なんかがアドバイスできることなんてないと思ったし、悲しそうな晴海を見たくなかったんだと思う。

「悲しみってやつは、身近な誰かに感染してしまうものなんだよ。ここまでは分かるよね？」

戸惑いながらも「うん」と言葉にする私に、篤生は満足そうに目尻を下げた。

「同じように、君の死によって誰かが死んでしまうとしたらどうだい？　それでも君は平気なのかな？」

「死も感染するって……こと？」

「ホラー映画じゃないんだから、ただのたとえだよ。もっと言えば逆の場合もありえる」

「逆？」

意味深な言葉に眉をひそめた。

「誰かの死によって、君が連鎖的に死んでしまうってこと。つまり人はそれぞれの感情を互いに影響させあいながら生きている。その影響力はすさまじく、気がつけば他人の感情によって自身の行動や思考が決定されることだってあるんだ」

「ごめん……難しくってよく分からない」

正直に白旗を掲げる私に、篤生は少し不満そうな顔をしながら、

「とにかく、僕が君の死を止めたいのは、そういう理由からだよ」

と、まとめた。

「私の死によって、篤生の大切な誰かが亡くなるの？」

全部は理解できないけれど、不思議な会話も続けていると慣れてくるものらしい。いつしか、篤生の言うことが本当のことのように思えてきている。

「だとしたら？　それでも菜摘は死にたい？」

口ごもりながら考える。たとえまだ二回しか会っていない篤生でも、彼は一応私の命の恩人だ。

それに、自分のせいで誰かが死んでしまうなんて耐えられない。

「それは……イヤ」

そう言う私の頭に温かい手が置かれる。

「えらいぞ」

「子ども扱いしないでよ」

振りほどいて立ちあがると、篤生はおかしそうに笑った。

不思議だった。なぜか篤生にはすんなりと自分の感情を伝えられる。上司や目上の人ではないからなのだろうか。

篤生はゆっくりと背を伸ばし、「でもね」と空を仰ぎ見た。

「運命を変えるのは並大抵の努力ではできない。とくに〈死〉はやっかいだ。だからこそ、菜摘には強くなってほしい」

「そんなの無理だよ……。毎日どんどん弱くなっている気がしているもん」

「そうかな？」

「そうだよ」

私たちの間を、冷たい風が通り過ぎていく。星も見えない厚い雲に覆われた夜空から視線を戻して篤生は首を振った。

「専務や美香は、君自身について怒ったわけじゃない。君がやった行為そのものについて叱ったわけだよ。だから、人格を否定されたわけじゃない」

「それでもああいう言いかたをされたら……って篤生は知らないか。すごく見下した言いかたをするんだよ。それも、周りに聞こえるように言うの」

フロアに響き渡る声を思いだして、苦い顔になってしまう。

「今後は気をつければいいよね？」

「何度も同じようなミスばっかりなの。毎回反省しているのに、どうしても失敗しちゃうんだよ」

「ふふ」

急に篤生が笑いだすから、一瞬ぽかんとしてしまった。すぐに怒りが込みあげる。

「な、なにがおかしいのよ。私だって一生懸命やっているの。だけど失敗しちゃうの。失敗しないように細心の注意を払っていても、思いもよらないミスが生まれてしまうの！」

思わずカッとなってしまい口を押さえると、篤生は今度こそ大きな声で笑いだした。

「ごめんごめん。あまりにも流暢に話すからさ。そういう風に会社でも、自分の気持ちを臆せずに言葉にしてみればいいのに」

「そんな……勇気が出ないよ。沙織……あ、同期の子たちとは普通に話せるんだよ。だけど、美香さんみたいな上司とは怖さが先に立つから無理」

「主任とは？」

「え？」

思いもよらない言葉に、首をかしげた。

「江島主任は、優しいから……。うん、普通に話せているかも」

そういえば彼だけが上司のなかで唯一話せる人だ。

「菜摘が、美香や専務に優しく接してほしいのなら、教えてあげる」

「え？　方法があるの？」

「あるよ。覚えておいて、人は簡単には変えられない。だけど、自分自身は変えられる」

「……自分自身？」

「そう菜摘、君は強くなれるんだよ。自分が変われば、相手からの対応も必ず変わる。君は相手を変えようと願い、打ちひしがれているんだ。そんなことより自分自身を変えることが先」

その言葉が雷のようにずしん、と肚に落ちてきた。押し黙る私に、篤生は続ける。

「誰も君のことを嫌ってはいない。自分を変えたいなら、もっと相手を知ろうとしなくちゃ。他人を理解することで自分を認め許せるようになるんだ。萎縮してやり過ごすのは、もう終わりにしよう」

冷たい風が頬を撫でていく。篤生の言葉を胸で繰り返せば、なぜだろう、少し穏やかな気持ちになっていく。

思えば、たしかにふたりには悪いことをしたと思う。書類に挟まっていた名刺について、確認しなかったのは私だ。

資料をしっかり読まなかったのも私。会社に迷惑をかけたのも事実だし……と考えて、すっかり篤生のペースに呑まれていることに気づく。

「でも、それがどう〈死〉を回避することにつながるの？　私が変わることで運命も変わるっていうこと？」

「まだ信じてないの？」

きょとんとする篤生に、ためらいながらもうなずく。

「だって……死の予告なんて非現実すぎるよ。それに、今日までそういう前兆もないし」

もっとなにか命を脅かすような危険な出来事があったなら、少しは信用できたと思う。

しかし実際は、平凡で退屈で悲しい毎日が続いていただけ。

「たしかに」と篤生は納得した様子で私をまっすぐに見た。

「それじゃあ、信じられるようにひとつだけヒントをあげるね。さっき名前が出てきた沙織って子、いるでしょう？」

「あ、うん」

ガードレールに腰を下ろし、篤生はニッと笑う。

「彼女は明日の朝礼で、婚約発表をするだろう」

「え？」

思いもよらない予言めいた言葉に、思わず大きな声が出た。

「もし本当にそうだったら、少しは僕のことを信じてみて」

「…………」

眉をひそめる私に、篤生はクスクス笑った。

「君の腕に残る火傷の痕だって、僕の予言通り薄く痕が残った程度だっただろ。違う？」

「違わない……」

「今回の〈死〉を回避するには、沙織が重要な役割を担っている」

「沙織が？」

沙織とは同期入社で隣の席ということで、会社でよく話はする。でも、プライベートなことは沙織から語られる内容しか知らないし、私自身も彼女にほとんど自分の話をしたことがなかった。

　沙織は口を開けば男の話ばかりだし、そんなに積極的に仲良くしようと思っていなかったというのも正直なところだ。

「菜摘は沙織の本質を知らない。ただの同僚って思うんじゃなく、もっと彼女の心ときちんと向きあってごらん。沙織は菜摘のことを心配してくれているし、ちゃんと気にかけてくれているよ」

「そうなの？」

「深く相手を知ることで君は変わり、必ずや救われるだろう」

　歩道のアスファルトを見て考える。篤生の言うように、沙織を知ることでなにかが変わるのなら……。

　ふいに冷たい風がまた髪を揺らした。思考の世界から抜けだして顔を上げると、

「あれ……」

　もう、そこに篤生の姿はなく、黒いビルが夜の闇に沈んでいるだけだった。

　それでも、さっきよりも心が温かい。


　翌日は、朝から違和感がフロアを漂っていた。

それもそのはず、いつもギリギリの時間に出社する沙織が、始業三十分前にデスクにいたからだ。

ちょうど掃除を終えた私は急いで手を洗うと席につく。

「おはよ」

手鏡で髪を直しながら言う沙織。

「お、おはよう」

私の記憶では、彼女がこんなに早く出社したことはなかったはず。まさか、婚約発表をするから……。

「今朝は早いんだね？」

なにげない感じで言ってみるけれど、

「そう？」

と目線は鏡に向けたままつれない返事がきた。

篤生のせいで変に緊張してしまう。沙織の心にきちんと向きあう、と決めてきたのに、近寄りがたい雰囲気にいきなり先制攻撃を受けた感じ。

昨夜は私なりに沙織のことを考えてみた。彼女の心に向きあおうとしたけれど、考えるほどに真逆に位置する自分を思い知らされた。

沙織は明るく社交的でいつも彼女の周りには笑顔が咲いている。反面、私の人間関係は

『狭く、浅く』だったと気づく。

もし今私が死んだら、誰か悲しんでくれるのだろうか？　そんなことまで考えてしまい、眠れないまま朝になった。

沙織の心と向きあうつもりが自分自身のダメさを思い知った気がする。

相手を知るということは、自分を理解することなのかもしれない。

「ね、なにかあったの？」

めげずに尋ねる私。ようやく沙織と鏡越しに目が合った。アイラインは三割増し、アイシャドウは見たことのないラメ入りの青色。

……いつもよりメイクに気合いが入っている。

「へへ。ちょっとねぇ」

上機嫌なことが伝わってくる。本当に、篤生の予言通り……？

まさか、と首を振った。篤生の言ったことは奇想天外すぎる。そもそも彼の素性すら知らないのに、なんで私はあの言葉を信じているのだろう？

考えが沙織から篤生に移りそうになっていることに気づき、もう一度横の席の沙織に集中する。

あまりに見すぎていたのだろう。沙織が、ようやく私を振り向いた。

「やっぱり今日のメイク、ちょっと派手かな？」

「ううん。すごく似合っているよ」

これは本音だった。実際沙織の切れ長の瞳がより強調され、さらに美人に見える。

「そっか、よかった」

納得したようにピンクの唇でほほ笑む沙織は、いつにも増してとても幸せそうに見える。

「あのね、沙織。ひょっとしてだけど――」

核心をつこうとしたそのときだった。

「井久田さん」

私を呼ぶ忌まわしき声がした。向こうで美香が手招きをしている。

「はい」

まだ始業前なのに……。

とはいえ、きっとまた私がミスをしたのだろう。トボトボと美香の前に行くと、

「これなんだけどね」

と、なにやら書類を見せられた。見覚えのある表紙は、私が去年作ろうとした〈多目的型ホッチキス　～マルチくん～〉だった。

「実は、業務用として製品化希望の話が出ているのよ」

「え？」

寝耳に水の話にぽかん、としてしまう。だって、あの企画書はひどいダメ出しをされて

シュレッダーで粉砕されたはずなのに。

「それがね」

なぜか小声になった美香が少し照れているように見えたのは気のせいだろうか。声色もなんだか優しい。

「一度はボツにしちゃったけれど、一応話だけは他社さんにしていたのよ。そうしたら、一年ぶりに会った〈ミセスぶんぐ〉の担当者が乗り気になってね。改めて資料を印刷して渡しておいたの」

〈ミセスぶんぐ〉とは、この地方を中心に店舗を展開している文具販売の大手。そこの担当者の目に留まったということだろうか？

「そうなんですか……」

一旦はいつものように曖昧な返事をしてから気づく。

ちゃんと聞きたいことは尋ねないといけない。自分を奮い立たせて美香をしっかりと見つめる。

「……あの、それって美香さんがわざわざ伝えてくださったのですか？」

すると美香は見たことのない笑みを浮かべた。

「あのときは時代のニーズと合ってないと判断したんだけど、業務用ならいけるかも、って思い直したの。少し私もキツく言っちゃったでしょう？　これでも気にしてたのよ」

「あ、ありがとうございます」

まだ信じられないでいる私に、始業時間を告げるチャイムが鳴った。

詳細は後日、という話になりデスクに戻る。椅子に腰かけてもなんだか夢のなかにいるようだった。

信じられないのは、企画書が生きていたことだけではない。

「美香さんが……」

ひとり言のようにつぶやき、遠くに座る彼女を見る。彼女が、あの企画を周りに話していたことに驚いたのだ。感じたことのないこそばゆい感覚にモゾモゾしてしまう。

「よかったね」

小さく声をかけてくれた沙織から、ふんわり良い香りがした。

なんだか今朝はいつもと違う予感がしている。


朝礼は、毎朝八時三十分に始まる。

日替わりで各部署の主任が司会を務め、経済や営業利益、予算と実績などの数字にまつわる話を聞かされる。

今日の担当は江島らしく、少し緊張した顔でフロアの中央に立った。

ああ、寝癖がぴょんと立っている。目が合うと少しだけ目尻を下げてくれた。そのとき、ドキンと胸が高鳴った気がした。

慌てて私は目を逸らし、ネームプレートの上から左の胸を押さえた。

「朝礼をはじめます」

そう宣言した声は低音で耳にさらりと届いて心地良い。ダメな私のことをいつだって気にしてくれているのは、彼が私の上司だから。それ以外に理由なんてあるはずがない。

けれど……遠い場所で株価の話をしている江島を見てお腹のあたりが温かくなる。

私には分からない専門用語にいつもなら上の空になるはずなのに、江島の言葉を聞き逃さないように集中していることに気づき、ハッと我に返る。意識を逸らすため強引に横を見ると、沙織の様子がおかしかった。

いつもなら眠そうな顔を隠そうともしないのに、沙織の横顔は頬をこわばらせて緊張している様子。それでいて、どこかワクワクしているようにも見えた。

『彼女は明日の朝礼で、婚約発表をするだろう』

篤生の予言が甦り、まさか、という思いで見つめても沙織はじっと前を見ているだけ。

朝礼も後半に差しかかり、全員で〈社訓〉の唱和タイム。だるそうな声で皆が復唱したあと、江島が締めの言葉に入る。

「それでは今日も一日よろしくお願い――」

「はい！」

かぶせるように沙織が右手をまっすぐに挙げたのを信じられない思いで見る。

皆の視線も隣の沙織に向かった。

「すみません。少しだけお時間よろしいでしょうか?」

沙織は江島の返事も聞かないうちに歩きだす。

フロアの真ん中まで進んだ沙織は、場の全員に聞こえるほど大きな音で息を長く吐きだした。

嘘でしょう……?　そんなこと、起きるはずがない。

スタッフが少しざわつく。

沙織はゆっくりと一礼をしてから顔を上げた。そこには満面の笑みが浮かんでいる。

そして、彼女は口を開く。

「あたし、婚約しましたぁ」

一瞬にしてしんと静まり返ったフロア。長い時間に感じたけれど、それは私だけだったのかもしれない。

次の瞬間、拍手と歓声がフロア中に響いた。つられて手を叩きながら私は信じられないような思いで彼女を見る。

頬を上気させ、スタッフからの質問に答えている沙織。

二度目のチャイムが遠くで響いている。各自が自分の仕事を始める時間を告げてもなお、お祝いムードのフロアでは祝福の声が続いている。

「嘘……でしょう？」

ようやくこぼれた声に、これが夢ではないことを自覚した。

篤生の言葉が現実になった……。ということは、篤生の言っていた内容が正しいと証明されたことになる。

まだチャイムの余韻が残っている。それはまるで、新しい毎日がはじまるスタートの合図のように思えた。

12月3日（木）

信じられないことが起きた。

朝礼のときに沙織が婚約発表をしたのだ。

婚約したこと自体に驚いたわけじゃなくって、篤生の予言した通りになったことにびっくりした。

朝礼のあと、なんとか『おめでとう』と言えたけれど、これって正夢みたいなものなのかな？

ううん、違う。昨日、たしかに私は篤生に会った。

あれは現実だったんだ。

でもそれを認めることは、篤生の言う、私に〈死〉が迫っていることも現実ってことになる。

……死んでもいい、ともまだ思っている。

だけど、自分のせいで他の誰かが死ぬかも、なんて言われてしまったら、そんなこと軽々しく思っちゃいけないわけで……。

篤生はたしか、『沙織が重要な役割を担っている』と言っていた。

明日からは、そのアドバイス通り彼女の心にきちんと向き合わなくてはならない。

どうやって？　自分自身の心すら分からない私に、人の心と向かい合うことなんてできるのかな？

なんだか壮大なドッキリ企画に巻き込まれているみたいな気分。

でもね、なぜだろう？

少しだけ、ほんの少しだけ、前向きな気持ちが心のなかに芽生えた。自分を変えたいって思えたんだ。

人は幸せの絶頂にいると、心理的な余裕が出るものらしい。さっきから沙織は私に、手帳を開いて熱心に自分の予定を説明してくれている。

駅前にあるホテルの最上階のラウンジに、客の姿はまばらで、沙織の可愛らしい声が音楽のように耳に届く。

『沙織について知りたい』と昼休みの終わりに言った私のストレートなお願いに、沙織はすぐにこのお店をスマホアプリで予約してくれたのだ。

まさか仕事帰りの今日いきなり行くとは思っていなかったので、オシャレなディナーにまだそわそわしている私。

「こんなに予定を入れている日が多いの？」

ピンク色のハードカバーの沙織のスケジュール帳は、空白がほとんどないくらい予定で埋め尽くされていた。

ブライダルエステや料理教室、ヨガの予定が丸文字で記されている。

「今日もたまたま約束がずれて空いたんだよね。あたし凝り性だからさ、一度始めた習い事を途中で止められないのよ。たとえば料理教室なんてね、〈初級〉が終わっても〈中級〉〈上級〉と続くし、それも終わったと思ったら〈特待生クラス〉が出現しちゃったんだから」

おもしろおかしく話をしてくれる沙織だが、本当にいろいろな教室を受講しているみたい。

「この、〈掃整〉って書いてあるのは?」

明日の日付に書かれている文字を指さすと、「ああ」と沙織は笑った。

「これは〈掃除・整理整頓術教室〉のこと。まあ、花嫁修業だよね。けっこう勉強になるけど体力がいるから大変なんだ。これも、終わりがない系の教室」

「へえ……」

感嘆の声とともに素直にその努力に感心した。ただの合コン好きな同僚と思っていた自分を反省する。

改めて沙織を眺めれば、仕事帰りなのにメイクもキッチリしていて、髪の毛に乱れもない。指先には薄いマニキュアが控えめに光っているし、服装だって上品なブラウスは、一目で安物ではないことが分かる。

さっきウェイターに預けたブランド物の上着だって、私の安物のコートとは大違い。

ふと自分の格好を見直せば、何年前に買ったか分からないセーターに地味な色のスカート。恥ずかしくてみすぼらしささえ感じてしまう。

もう一組視界に入る二人連れの客は、マダムと呼ぶのにピッタリなご婦人たち。笑いかたさえ上品で、肩を上下に軽く揺すり片手で口を隠している。

普段こんなところには来る機会もない私はなんだか知らない世界に迷い込んだ気分で落ち着かない。

「いつもこんなお店に来ているの？」

小声になってしまう私に沙織は目を丸くした。

「まさか。うちの給料じゃ無理に決まってるじゃん。特別な誰かに会ったりするときだけだよ。今日はせっかく菜摘が誘ってくれた、デートだから」

笑顔でそう言われても、私が晴海に会うときは、ファミレスか居酒屋が定番なんですけど、と戸惑いが先に立つ。

「やっぱり気分的なものじゃない？　少し背伸びした店に行くことで、いい女になれるような気がするし。今回も、菜摘があたしのことを知りたいって言ってくれてうれしかったから」

「なるほど」

うなずいてみたものの、誘った当日に行くとは思わなかった。普段からきちんとした格好をすべきだったと内心反省する。

「おかげで貯金はちっともできないけどね」

おどけた顔をしてみせても、沙織はとても幸せそう。

「私も形から入ってみようかな。でも、仕事帰りに習いごとなんて無理だけど」

苦いコーヒーに顔をしかめてみせる。

ただでさえ残業が多いし、帰り道は息も絶え絶えという感じなのにこれ以上疲れることはしたくない。

「そう？　意外に楽しいよ。マー君とも教室で出逢ったわけだし」

「あ、そうなんだ？」

沙織の婚約者との出逢いも習い事だったのか。たしかつき合いだしたばっかりだったような気がするけれど。

疑問が表情に表れていたのだろう、沙織はぷうと頬を膨らませた。

「長さよりも深さなんだからね」

「ごめんごめん。そういうつもりじゃないの」

慌てて右手を横に振ると、少し笑ってくれたので胸を撫でおろす。これだけ顔に感情が出てしまうのなら、美香さんだって私に好かれていないことに気づいていたかも……。

笑顔の仮面をつけているつもりでも、他人から見れば、ただの薄っぺらいものにしか見えないかもしれない。

「マー君は料理教室に来てたんだよ。初心者なのにすごく上手だった。いろいろ教えてもらっているうちに……ね」

恥ずかしそうにうつむく沙織に、

「へえ……」

と相槌を打つしかない。なんだか、幸せ色のオーラが周りにキラキラ輝いているみたい。紅茶のカップを持つ姿勢も様になっているし、最近話しかたも前よりやわらかくなった気がする。教室で学んだことも影響を与えているのだろうが、やはり幸福は人をキレイにするのだろう。それにこうして努力していることも彼女の自信につながっているような気がした。

沙織のプライベートな一面を見られたことで、なんだか距離が近くなった気がするし、私は彼女を尊敬しはじめていた。

「菜摘もさ、外で出逢いを探したほうがいいよ。ほら、うちって独身男性が少ないでしょ？」

「私は……外に出るのは……」

沙織を知るための調査なのに、自分のことを聞かれては困ってしまう。話をはぐらかそうとしたら、沙織はじっと私を見た。

「やっぱりそうなんだね」

「やっぱりって？」

眉をひそめて彼女の言わんとしていることを考えるが答えが出ない。

「いつもそばにいて菜摘を守ってくれている人、いるでしょう？」

「へ？」

きょとんとする私に、沙織はニヤリと笑った。

「主任のこと好きなんでしょ」

主任……って、江島のことだ。昨日の朝、一瞬考えたことを見透かされた気がして、

「そ、そんなわけないでしょう」

必死に否定する。と、沙織はしばらく間をとってから椅子の背にもたれた。

「だよね。主任はないか」

「……うん」

「あの人、気が弱そうだから結婚したら苦労しそうだし」

あっけらかんと言ってのける沙織に、とりあえずうなずくけれど……。

「ハズレ物件だけは引かないようにね」

ありがたいアドバイスとして受け取らなくちゃいけない。軽くうなずく私に納得してくれたらしい。

それから彼女はスマホに保存してあるマー君の写真を見せてくれた。イケメンですらりとした身長、意志を感じさせる強いまなざし。さらに二十七歳で証券マンという完璧なプロフィールに感嘆の声しか出ない。

「かっこいいね！」

「でしょう」

あごを上げて自慢げな沙織に同意しながらも、なんだか胸がざわざわしていた。

江島は気が弱いんじゃなくて優しい人なんだと、本当は言いたかった。けれど言えないまま、また笑顔でごまかしている。

これはきっと、罪悪感なのだろう。


日曜日は会社も休み。心も体もリフレッシュできる日。

といっても趣味もない私は、ダラダラとスマホを眺めて過ごすことが多い。

が、今日は違った。スマホを片手にようやく家に着き、疲れた体をベッドに預けると、照明のまぶしさに目を細めた。緊張感から解放されたのはいいけれど、日曜日ももう終わろうとしている。

「それで、料理教室はどうだったの？」

スマホ越しに晴海が尋ねる声が聞こえる。

沙織とラウンジで会った日、料理教室の体験授業を提案された私は今日勇気を出して行ってみることにしたのだった。こんな数日で新しいことにチャレンジすることになるとは思ってもいなかった。

「それがさ」と答えながら仰向けのまま答える。

「体験自体は楽しかったよ。沙織も参加してくれて手伝ってくれたから、課題のシュウマイもうまく完成したし。まさか皮から手作りとは思わなかったけどね」

「味は？」

「うーん」

料理教室でオーバーに『おいしい』を繰り返した自分を冷静に分析する。たしかにおいしかったけれど、今となっては……。

「わざわざ手作りしなくても、冷凍食品でいいかも」

「ははは。菜摘らしいね」

「だってぇ。そのあとの勧誘がすごかったんだよ。沙織まで熱心に勧めてくるしさ。なんとか『考えておきます』って言って逃げてきた自分を褒めてあげたい。どうすればいいのよ」

コロコロと笑う晴海。大学時代からの親友だから同じ年のはずなのにいつもこんな風に頼ってばかりの私。

「時間はあるんだし、ゆっくり考えればいいよ。沙織さんの世界を見られただけでもいい勉強になったでしょう？」

「たしかにそうだね。最近一緒にいることが増えたけど、私の何倍も自分磨きに努力してるんだなぁ、って。私にはできないや」

「会ったことないけれど、きっと素敵な女性なんだろうね」

隣の席の同期、ということで今までも話す機会は多かったけれど、彼女のプライベートを知れば知るほどに見えてくるものも多かった。外見も内面も磨く姿に、意外と努力家な一面を知ることができた。

「結婚することを昔から夢見てるんだって。だから、仕事のあとでも教室に通うことは全然苦じゃないみたい」

「へえ、すごいね」

「楽しく努力している、って感じがしてさ。私も少しは見習わないとって思えるし、尊敬したんだ」

大げさかなとも思ったけれど、沙織が結婚に向かってまっすぐ進んでいる様子は、私にも大きな影響を与えた。

今まで定時になるとさっさと上がってしまう彼女を要領がいいなんて思っていた自分を反省。改めて観察すると、沙織は仕事もきっちりとこなしていたのだ。

自分にはなにもないなんてネガティブなことを言っている場合ではない。なにか打ち込めるものが私にも必要だと思えるようになった。

全部、沙織と向き合ったから知ったこと。

「もっと知りたいと思うよ。心のなかも全部」

「へえ。会社の人に興味がないって言ってた菜摘が珍しいわね」

からかうように言ったあと、

「それより、その沙織さんの婚約者には会えたの？」

と、晴海が尋ねた。

「ううん。今日の料理教室で会うことになっていたんだけど、用事ができたみたいで来なかった。ちょっとホッとした。絶対にうまく話せないもん」

「でしょうね。菜摘は初めて会う人は苦手だし」

私のことを一番理解してくれている友達。けれど……。

「ね。晴海、どうかした？」

「……なにが？」

そう答えた晴海の声色はやはりいつもより低い。

「声に元気ないよ」

言ってからハッと気づいた。越えてはいけない線を侵した気がしたから。

去年の今ごろ、晴海に恋愛相談をされて以来、この話題は避けていたはずなのに。

「まあ、いろいろあるよ」

「うん」

違う話題を探そうとしても、ピンチのときほど出てこない。ふう、とため息のような音のあと、晴海は「実はね」と続けた。

「今、おつき合いしている人がいるの」

「おつき合い……」

「ずいぶん前に少しだけ話した人なんだけど覚えてる？」

「ああ……うん」

「ちょっと複雑でね——あ、ごめんキャッチ入っちゃった」

「……分かった。またね」

終話ボタンを押すと、ホッとしていることに気づいた。自分から話題を振っておきながらひどいな、と思う。

私だって詳しく聞きたい気持ちはあるし、晴海だってきっと話したいに違いない。けれど、それを聞くことに躊躇するのは、私の予想が正しいと思うから。

バックライトの消えたスマホをじっと見つめる。

きっと晴海は、最初から叶わない恋をしている。それが片想いか、略奪愛かは分からない。

ひとつだけ分かることは、幸せな恋をしている人はあんな悲しい声で恋を語らない。それだけだ。

篤生の言った通り、沙織を知ることは自分を知ることとの連続だった。

結局あれから料理教室に入会した私は、必然的に沙織との会話も増えていった。休みの日には沙織と買い物に行ったりして、自分には絶対に似合わないであろう服を勧められるままに買ったりもした。

同僚から友達になっていくことがうれしくて楽しかった。

が、クリスマスも迫った二十三日に事件は起きた。

朝、沙織が出勤時間になっても姿を見せなかったのだ。毎朝ギリギリに来るタイプだが遅刻はしない。なのに電話をかけても電源が入っていないらしく、すぐに留守電に切り替わってしまう。

朝礼のあと部長と江島に呼ばれた。

「君は西村さんと同期で仲がいいみたいだね。なにか聞いてる？」

ほとんど話したこともない部長の問いに、

「すみません。分からないんです」

と、首を横に振った。

「たしか、昨日は有休を取っていましたよね？」

社内スケジュール表に目をやって心配そうな顔で江島が尋ねた。

「はい。婚約者と結婚式場の予約をしにいくと言っていました」

ハワイで結婚式を挙げるのが彼女の夢。来年、家族や友達を連れて海辺のチャペルで挙式をするらしい。数年待ちだという人気のチャペルにキャンセルが出たらしく、その代理店に行くんだと張り切っていたっけ……。

キレイに整頓された沙織のデスクを見ていると違和感を覚えた。意外ときちんとしている沙織に無断欠勤はこれまでなかったはず。

急に湧きあがった不安を言葉にできないまま、ネームプレートを触る。

「まあ、無断欠勤ってことだな」

呆れた顔をして去っていく部長に頭を下げてから、もう一度電話をかけてみる。

が、結果は同じだった。

式の日程が決まったのなら、これから準備で忙しくなるはず。だからといって無断欠勤をするとはどうしても思えなかった。

「沙織先輩がどうかしたんですかぁ？」

デスクに戻ると、リカが長いまつ毛をまたたかせながらパソコンモニターの上からひょっこり顔を出した。

リカは最近では合コンに夢中らしく、口を開けばその話ばかり。『目指せ玉の輿』と宣言してから、化粧が濃くなった気がしている。

「なんだか連絡とれないの。どうしちゃったんだろうね」

主を待つ椅子を見てから視線を戻せば、

「ラブラブですしね。ずる休みじゃないですかぁ」

もう興味を失ったらしく、リカはマグカップを片手に給湯室へと歩いていった。

「そんなわけないよ」

ふう、とため息をついてパソコンに向き合う。沙織はずる休みなんてする人じゃない。

ちょっとずつ沙織を理解した私だから分かること。

その日は一日、ずっと沙織のことが頭から離れなかった。


翌朝、会社に行くと珍しく江島が先に出社していた。私を見つけるとすぐに、寝癖のついたボサボサの髪を揺らしてやってきた。

「おはようございます。西村さんはどうでしたか？」

「連絡がつかないままなんです」

昨日は何度も電話やメール、ＳＮＳメッセージを駆使したが結局沙織からの反応はないままだった。

「そうですか、困りましたね」

うーんと考え込むポーズの江島は沙織を心配してくれているんだと分かる。

「今日は出社してくれるといいんですけど……」

希望を言葉にしても不安しかない。連絡のないまま、はたして今日も来るかどうか。始業まで落ち着かず、心ここにあらずの私。江島もどこか落ち着かない様子でウロウロしていた。優しい人なんだな、と思った。

朝礼が終わってもやはり沙織は出社してこなかった。これは、なにかあったと思うしかない。

資料を眺めるふりをしてじっと考え、ハッと気づく。

あの夜、篤生は『今回の〈死〉を回避するには、沙織が重要な役割を担っている』と言っていた。まさか、私の代わりに沙織の身になにかあったのではないか？

顔を上げると、キーボードを打つ音や同僚たちが電話で話している声が遠くに感じられるなか、ひとつの考えが頭に浮かんだ。

――今から沙織のマンションに行ってみよう。

一度浮かんだアイデアは形になって心に強く留まってしまう。

沙織は私のためにいろいろなことを教えてくれた。そんな彼女になにかが起こったのは間違いない……。

これまでの関係ならば、そこまでしようとは思わなかった。けれど、今はもう友達だ。彼女のことを知るたびにどんどん好きになっている。

本当に沙織のことが心配だった。もし、私にできることがあるのなら……。

ゆらり、と気づけば立ちあがっていた。江島と目が合う。

ゆっくり近づきながら必死で理由を考えても、江島のデスクの前に立つとどうでも良くなってしまった。大切な友達を心配するのに、理由を偽る必要なんてない。

「江島主任、沙織の家に行ってきます」

「え……」

ぽかんと口を開いた江島に、頭を下げた。

「様子を見にいったら戻ってきます。突然ですが、午前半休をください」

「分かりました。仕事は大丈夫ですか？」

すぐに理解してくれた江島と目を合わせてうなずいた。

「はい。戻ったらちゃんとやります」

「なにか分かったら連絡してください」

「申し訳ありません」

もう一度頭を下げると、急ぎ足でフロアを出た。


沙織のマンションに着くころには、冬だというのに額にじんわり汗をかいていた。私の家と逆方向だが、会社から徒歩圏である沙織の家。バスに乗るという選択肢もあったが、その時間を待ちきれずに必死で走ってきたせいだ。

息を整え、エントランスをくぐった。

女性専用の単世帯マンションは新しくはないけれど、内装はリノベーションされており、とてもキレイだ。

ちょうど管理人が掃き掃除をしていたおかげで、オートロックの玄関は開きっぱなしになっている。

チラッと私を確認する管理人は初老の女性で、シワだらけの顔の中に細い目が光り、まるで美香がさらに歳を重ねたみたいなイメージだ。愛想がないのは前回来たときに学んだので、会釈してからエレベーターに乗り込む。

三階の一番奥の部屋が沙織の部屋だ。チャイムを押すと、中から小さく音が聞こえた気がした。

が、その後の反応はない。

もう一度押す。そして、もう一度。

辛抱強く繰り返していると、ドアの内側の下のほうから息遣いが聞こえた。聞き間違いなどではない。

「沙織？　そこにいるの？」

ドアに耳を押し当てて尋ねるけれど、もうなにも聞こえなかった。新聞受けを押してみてもボックスがあるらしく視界は真っ暗で部屋の様子を見ることはできない。

「どうかしたの？　ねえ、沙織!?」

何度も呼び続けていると、やがてドアがきしむ音がした。向こう側で誰かがもたれかかっているような……。

「菜摘、なの？」

「……そう。そうだよ」

一瞬返答に詰まったのは、あまりにも力のない声がいつもの沙織のそれと一致しなかったから。

「どうかしたの？　具合悪いの？」

続けて尋ねると、「はは」と乾いた笑いが聞こえた。

「具合か……。うん、悪いのかもね」

「どうしたの。ねえ、ドアを開けてよ」

耐え切れないほどの不安に声を大きくすると、沙織が洟をすする音が聞こえた。

「あたし……バカだった」

「え？　どういうこと？」

「もうダメなんだよ。全部、ダメ……」

「沙織？」

ドアの向こうにいるのは、本当に沙織なの？

「とにかく開けて。ねえ、それから話をしようよ」

「……ダメなんだ」

いつもポジティブな沙織から聞いたことのない、繰り返されるダメという言葉に、恐怖にも似た感情が生まれる。

これは……とんでもないことが起きているんじゃ……？

「沙織。ドアのカギを開けて」

「ダメ。もう、手が、届かないの」

「手が？　え……なんで」

「伸ばしたくても、もう力が入らないの。……手が届かないのよ」

「どうしちゃったの？　ねえ、沙織っ」

「ごめんね、菜摘……。あたしがバカだった」

その声を最後に、もういくら呼んでも沙織の声は聞こえなくなった。

「どうしよう。どうしよう……」

思わずあとずさり、ふと視線を感じて右を見る。廊下の向こうで管理人がいぶかしげな顔をしてこちらを見ていた。

「管理人さん！」

駆け寄ると、彼女は迷惑そうな顔で私をにらみつけた。が、私はそれにめげず状況を説明する。

「だから、今すぐカギを開けてください」

これまでの私なら考えもつかない行動力だった。それは、沙織が本気で心配だったから。

「は？　そんなことできるわけないだろう。不法侵入になっちまうよ」

「友達が……。もう、いいから早く！」

「無理なものは無理だよ」

ついわめいてしまう私を見て、管理人はますます態度を硬化させる。

落ち着いて、私。なんとかして開けないと篤生の言うように、沙織が死んでしまうかもしれない。悔やまれるのは、なぜ昨日会いにこなかったのかということ。

違う。まずは現状を打破しないと。

一旦管理人を説得することはあきらめ、スマホを取りだして緊急通報の番号を押す。指がおもしろいくらい震えている。

「ここの住所はなんていうんですか？」

スマホを耳に当てた私に、管理人はわざとらしくため息を吐いたと思うと、私のスマホを奪い取った。

「救急です。はい、住所は――」

ホッとして力が抜ける。あとは早く救急車が来ることを祈るだけ。

通話を終えた管理人が私にスマホを渡してきたので、

「ありがとうございます」

とお礼を言った。

「友達、大丈夫なのかい？」

「……分かりません。さっきまで声は聞こえていたんです。だけど、もう返事がなくって」

私の言葉に管理人はしばらく宙をにらんでいたかと思うと、乱暴にポケットに手を突っ込んだ。再び出した手には、ひとつのカギが握られている。

「マスターキー。救急車が来るから開けるだけだからね」

「もちろんです。ありがとうございます！」

お礼を言いながら再び沙織の部屋の前へ急ぐ。カギを突っ込んで回す。

――ガチャリ。

金属音がして施錠が解けた。

「沙織、開けるよ」

ドアを開けた私は、

「え……」

その場で固まった。

沙織が靴箱の横で倒れていたからだ。

「さ、沙織……沙織！」

すぐにしゃがみ込むと見たこともないくらい真っ青な顔をしている。外出着のままなのか、キレイな格好なのに化粧はボロボロ。

こんな沙織、見たことがなかった。

ゆるゆると沙織の周りに散らばる物を見た。

青色のラムネのように見えるそれは……睡眠薬？

背後から差し込んだ太陽の光に、それらがキラキラ光って見えた。

「死のうと……した、の？」

救急車のサイレンが聞こえるまで、私はただ、そばについていることしかできなかった。


あれから三日が過ぎた。

人生でいちばん長く思える時間だったと思う。仕事納めも終わった日曜日の昼過ぎ、ようやく面会できるとの連絡を受けて私は病室の前にいる。

ドアが開き、中年の看護師が口をへの字にして出てきた。

「困ったわ。どうしても家族に知らせたくないって言って連絡先を教えてくれないの」

待ち合いベンチから立ちあがる私に、首をゆっくり振ってみせる。

「西村さんは大丈夫ですか？」

「もう話せるわよ。それより手続きなんだけど、身元保証人って――」

「私がなりますから。あとでうかがいます」

かぶせて言う私に、ようやく看護師はうなずいて場所を移動してくれた。

「もし興奮するようなら、すぐにナースコールを押してね」

「はい」

「あなたのおかげで命に別状はないみたい。発見が早くて本当によかったわ」

「ありがとうございます」

ノックを三回し、深呼吸をしてからドアノブに手をかけた。

「菜摘です。入るね」

部屋の真ん中にベッドがひとつ。横になっている沙織がいる。

「沙織……」

幻でも見るように近づいていくと、沙織は私を見てほほ笑んだ。少しヤセた体にまだ顔色はすぐれない。

ベッド脇の丸椅子に腰かけると、沙織は顔を天井に向けた。

元気なの？

どうして薬を飲んだの？

なんで相談してくれなかったの？

口を開けけば質問攻めにしてしまいそうで、ただその横顔を眺めた。化粧っ気のない肌は、まだ青ざめて見える。

担当医の話では、睡眠薬を大量に飲んだという。今は胃を洗浄して体調に問題はないものの心療内科に通う必要があるようだ。退院は年が明けてから様子を見て、というところらしい。

「まいったよ。しばらく絶食だってさ」

軽い口調で話す沙織に、目の奥に温かいものが込みあげてきた。

ああ、泣きそうになっているんだとようやく気づく。

窓からの景色に目をやり、涙を止める。今、ここで泣くのは違う。泣きたいのは私じゃなくて、きっと沙織のほうだと思ったから。

「胃が空っぽでお腹が空いてたまんない」

わざと明るい声で言っているのが分かるのは、この数週間、私なりに沙織を知ることができたから。

でも、心までは見抜けなかった。彼女の悲しみを理解してあげられなかった。

右の腕につけられた点滴の管の先には、透明の液体が一滴ずつ秒を刻んでいる。

「……会社には、なんて？」

短く、そして気弱に尋ねる沙織。

「インフルエンザってことにしてあるから大丈夫だよ」

「そうなんだ。ありがとね」

「それにもう冬休みだよ。ゆっくり体を回復させて」

安心したのだろう。くしゃっと笑った沙織の瞳が潤んだかと思うと、大粒の涙がまっすぐにこぼれた。

「あたしさ……結婚するつもりだったの」

沙織が私を見た。

「うん」

「ハワイでの結婚式が夢だったの知ってるよね？　マー君が一生懸命式場を手配してくれたと思い込んでた」

「うん」

どんどんあふれる涙もかまわずに、沙織は話してくれる。唇を痛いほど嚙んで私はうなずく。

「そりゃうれしいじゃん。急にキャンセルが出たって言われたんだもん」

顔をまた天井に向けた沙織は自嘲気味に鼻で笑った。

「恋は盲目だね。あたし、マー君のこと、これっぽっちも疑ってなかった。予約を確定させるためにお金が必要だって電話で言われたの。マー君も半分出すって言うから親に頭を下げたり、キャッシングまでしてマー君の口座に振り込んだの。だけど、あの日……マー君は待ち合わせ場所に来なかった」

「沙織……」

「電話もつながらないし、代理店に行ったら『そんな予約は受けてない』って。それでもまだなにかの間違いだって信じてた。二百万だよ、二百万。あたしにとっては大金だし、親にもなんて言っていいか分からなくて……。ううん、それよりこの現実に耐えられなかった」

「そうだったんだね……」

静かに答えると、沙織はこらえきれないように両手で顔を覆った。腕のラインが細かく震えている。

「二百万円が欲しかったなら全部あげる。もっと欲しいならがんばって働く。だからあたしの元へ戻ってきてほしい。そんなこと……まだ思ってるの」

「……うん」

「好きだったの。マー君にとってはいいカモだったかもしれないけどさ、あたし、本気だったんだ。笑えるよね」

細い腕の先にあるネイルが剝がれていても沙織は美しかった。

「笑わないよ。むしろ怒ってるんだから」

私の発言に沙織は「え？」とこっちを見た。

「沙織のこと傷つけるなんてひどいよ。私は絶対に許さない」

口が勝手に話している感覚だった。

「どうして菜摘が怒ってるの？」

「当たり前じゃん。友達が傷ついてるんだもん。沙織は私にとって大切な友達なんだもん」

子どもみたいな口調になりながら憤慨する私に、沙織は目を丸くしている。

そう、大切な友達。心に一本の弦があるとしたら、長年無音だったそれを弾いてくれた存在。心地良い音色が聞こえたんだ。

涙で濡れた沙織の手を握って私は言う。

「元気になるには時間がかかると思うけれど、私がそばにいる。今日からは私が沙織を支えるから」

本気で願った気持ちは言葉になり、相手に届く。

顔を歪ませて声を上げて泣きだした沙織を私は思わず抱きしめた。

だまされたと知り、けれど現実を受け止められなくて死を選んだのだろう。

そばにいてあげたかった。もっと沙織の心を理解してあげたかった。死にたいと思っていた自分が信じられないくらい、私は彼女と一緒に生きたいと思った。

こんな気持ちは、初めてだった。

帰り道は、泣きすぎたせいか眠くて仕方がない。病院の手続きに時間がかかってしまったせいで、バスを降りるころにはすっかり夜の景色になっていた。

自殺未遂の場合、保険は使えないらしく、自費での治療になるとさっき沙織と一緒に説明を受けた。でも、そんなことは大した問題じゃない。

沙織が生きていてくれることだけで、本当にうれしかったから。

それより早く退院してもらって一緒に警察に行かなきゃ。ううん、それより探偵を雇うべきか……。

思案しながら歩く先に、誰かが立っているのが見えた。

「こんばんは」

にこやかに笑うその顔を見て、私は思わず駆けだした。

「篤生っ！」

「沙織を救えたんだね」

笑顔のままの篤生に私はつかみかかっていた。

「なんで教えてくれなかったのよ！　もう少し早ければ薬を飲む前に止められたのに！」

悲しみと怒りに任せて肩を揺さぶるけれど、篤生はされるがまま黙っている。まるで、

そうされることを分かっていたかのような彼に、

「ちゃんと……答えて」

興奮する自分を抑えて尋ねた。

「未来は僕の手で変えちゃいけないことになっているんだ。変えるなら、君自身の力で変えなくちゃ」

「なにそれ。どういう意味なのよ」

ようやく手を離せば、苦しそうに咳き込んでから篤生はため息で答える。

「篤生は、沙織の運命を知っていたんでしょう？」

「うん」

「それなのに教えてはくれないってこと？」

「そういうこと。だから、君にはヒントを与えた。沙織の心と向きあえってね」

ズキンと、胸が痛い。

そうだった……。私がちゃんと向きあっていたなら、もっと早く沙織に起きた異変に気づくことができたかもしれない。無断欠勤した日に駆けつけることもできたのに、私はそれをしなかった……。

失敗したのは私なのに、また人のせいにしている。落ち込む私に気づいてか、篤生は「大丈夫」と言う。

「沙織はこの冬、死ぬ運命だった。それを菜摘が救ったことに変わりはないよ」

「死ぬのは私じゃなかった、ってこと？」

「救えなかったことで、君の心は死ぬはずだった。去年の火事がひとつめの試練だとすれば、今回のことがふたつめ。結果的に君は沙織を救うことができたんだ」

不思議な会話もなぜだろう、篤生が言うとすんなりと耳に入ってくる。

「心が死ぬと、人はどうなるの？」

私の質問に篤生は風を見るように目を細めた。また、悲しい顔をしていると感じた。

「心が死んでしまった人は、やがて意識しなくても自ら死を選ぶようになるんだよ」

「沙織の死によって、いずれ私も死ぬってこと？」

不安な声が白い息になり溶けていく。

「そうだよ。菜摘はいつか死を選ぶんだ」

啞然とする私に篤生はこんなときなのに笑みを浮かべた。

「でも大丈夫。この冬、菜摘は死を免れた。沙織と友達になれたことで運命は変わっている」

そうかな、と首を傾げる私。

「変わってるさ。日記の内容も少しは明るくなってるんじゃない？」

言われて「あっ」と気づいた。

最近はたしかに沙織とのことに終始していたっけ。

ここ数日は沙織を心配する内容だが、それ以前は料理教室やメイクのことなど、沙織に教えてもらったことをメモ代わりに書いていた。

「じゃあ、僕は行くよ。また、いつかの冬に会おう」

「会いたくないんですけど」

会うたびにこんな大変な思いをしたくない。

「まあそう言わずに」

鼻歌のように軽い笑いを残して去っていく篤生の背中を見送る。

今年ももうすぐ終わりを告げようとしていた。

幕間

心が死んだ人は、仮面をつけて生きるしかない。

笑うべき場面では笑顔の仮面を手にし、悲しい場面では涙の仮面を選ぶ。
使いすぎた仮面はいつか割れ、現実との深い溝を目の当たりにする。
そうして、人はやがて肉体の死を選ぶのだ。

あなたも、大切な人の死に打ちひしがれていた。
思い返せば、僕はあなたの本当の笑顔を見たことがない気がする。
仮面の笑顔に違和感を覚えても、僕はその本質に気づけなかった。

胸が、痛い。
心の痛みだけじゃなく、生まれてからずっと僕を苦しめるこの体の痛み。
蝕まれていく日々のすぐ先に命の期限はある。

それを受け入れる準備はできている。
なのに、『生きろ』と体は酸素を吸おうとする。
きっとあの日のあなたも同じだったのだろう。

早くラクになりたいと願い続ける日々は、どんなにつらかっただろう。
絶望のなかで仮面の割れる音を聞いたとき――。
それは救いの音色のように軽やかで優しく耳に届いたのだろうか?

二十六歳／新しい絶望

オフィスの四隅に置かれた加湿器が無言で白い蒸気を吐きだし、窓ガラスが内側から曇っている。町並みも色を鈍く塗り替え、今年も冬がすぐそばに来ている。

フロアのいたるところに無造作に貼りつけてある〈忘年会開催〉のちらしをぼんやり眺める昼休み。十一月三十日、つまり今日が参加締め切りの日だ。

一年なんてあっという間に過ぎる。子どものころはあんなに長く感じたのに、年々体感スピードは速くなるばかり。

今年はなにをしたっけ？　と思いだしても、会社と家との往復と料理教室くらいしか記憶にない。

沙織とはたまに飲みに行ったり買い物に行っているけれど、もともと忙しい彼女は最近さらに忙しくなったわけで……。

「参加するの？」

昼休み、沙織の声に、ちらしから目線を戻し下唇を尖らせて『ＮＯ』の意思を表した。

「やっぱりね。たまには行ってみればいいのに」

沙織が言うのも無理はない。

入社してすぐの〈新人歓迎会〉に参加して以来、私は会社の飲み会は欠席し続けている。

入社して四年目、もはやどうがんばっても新人とは言えないこのごろ。『うまくしゃべれないから』なんて自分を守っていても仕方ない。

納涼会も不参加だったし、自分を変えることから逃げてばかりじゃダメだ。きっと今年も現れるであろう篤生に、少しずつでも変化を見せたいという気持ちもある。しばらくモゾモゾとネームプレートを触ってから私は決断した。

「じゃあ今年は参加しようかな」

思い切って口にすれば、なんだか少し楽しみになっている自分がいる。私ってこんなに単純だっただろうか？

「珍しい。がんばって行っておいで」

けれど、せっかく盛りあがった気持ちも、沙織の言葉にゼロ地点に逆戻り。

「『行っておいで』って、沙織は参加しないってこと？」

会社の飲み会にも皆勤賞レベルで参加している沙織。その彼女の口から出たとは思えないセリフに驚いてしまう。

が、すぐにその理由は分かる。これみよがしに左手を自分の顔の横に持っていく沙織。

「あたし、これだからさ」

左手の薬指に光っているのは、小さくとも輝いているダイヤモンド。

昨年末の大失恋のあと、冬休みを挟み復帰した沙織に猛烈にアタックしたのは、営業部のホープ、水野《みずの》だった。私たちよりひとつ年下の水野は、入社以来ずっと沙織に片思いをしていたらしく、朝礼での婚約発表を聞いて寝込んでしまったほどだったらしい。

はじめは断っていた沙織だけれど、猪突猛進の水野にいつしか心を奪われていき、実にスピーディーについ先日、彼女は二度目の〈婚約発表〉を朝礼でやってのけた。ちなみにそのときの言葉は『あたし、また婚約しましたぁ』だった。

水野には婚約発表することを反対されていたらしく、彼が出張で不在なのを見計らっての発表だった。

もちろんあの自殺未遂事件は誰も知らないから、水野は〈略奪愛した男〉としてヒーロー扱いされている。それ以来、水野と私は沙織の予定を奪いあっているのだが。

「飲み会に行っちゃダメって言われてるの？」

お弁当を食べながら尋ねる私。最近は、週に一度だけ自分で作ったお弁当を会社に持ってきている。

もちろん、沙織の料理にかなうわけがないけれど毎回アドバイスをもらっている。今日のは『緑色が死んでいる』と色合いに指導が入ったところ。

たしかにレタスチャーハンを炒めすぎてしまい、調味料を吸って茶色に変色していた。

「そういうわけじゃないよ。その日は彼の両親が来る日にぶつかっちゃったのよね」

不満げな言葉とは裏腹に、沙織はうれしそうにほほ笑んでいる。立ち直れないほど落ち込んでいた沙織が幸せになれたことが、自分のことのようにうれしい。

「いいなぁ。私は今年もなんにもなかったよ」

ボヤく私に、沙織は「なにそれ」と笑う。

「料理教室に行くようになって、飲み会にも参加する。これって、すごい変化じゃん」

「そんなふうに思えない」

「自分自身の評価は自分でするよりも、外部の人の意見のほうが正しかったりするよ。少しずつ社会に適応してるってことだね」

これって褒められてるの？

「もうっ」

膨れっ面でマグカップを洗いに立ちあがる。

狭い給湯室では、江島が食後のコーヒーを淹れていた。足が勝手に急ブレーキをかけるが、江島が気づき振り向いてしまった。

大きな変化はなくても、小さな変化はあった。それは……。

「コーヒー、飲みますか？」

「あ、自分でやりますから」

って、コーヒーを飲みたいわけじゃないのに。

けれど江島は私のマグカップを自然に受け取ると、水で洗ってからドリップパックの袋をセットした。

「井久田さんラッキーですよ。お中元の残り物の最後のひとつです。スペシャルブレンド」

「そうなんですね」

「ゆっくりお湯を注ぐと、さらにうまくなりますから」

ポットから出るお湯を覗き込みながら少しずつ注いでいく。同時に香ばしい香りが湯気とともに生まれ、またたく間に広がった。

中腰の江島の胸元に光る〈江島　ＥＳＩＭＡ〉の金色の文字。フロアほど明るくない給湯室が、なんだか喫茶店に思えてくる。

「お待たせしました。はい、どうぞ」

目をカーブさせてにこやかに笑う江島から、

「ありがとう……ございます」

と、マグカップを受け取ると湯気に隠れるように視線を落とす。まぶしくて見ていられないような気持ちになる。

逃げるようにフロアに戻ると、暖房の効いたフロアがさっきよりも暑苦しい。

ずっと前から江島の優しさには気づいていた。何度も助けられるうちに彼のことが気になってきている自分にも。

意識しないようにしていても、一度芽生えた感情は日に日に成長しているのが分かる。

「違う」

思わず口に出して否定すると、ますます感情が形になっていきそうでため息をついた。けれどマグカップのコーヒーは、きっといつもよりおいしく感じるだろう。

「菜摘ちゃん」

美香がヒラヒラと手を振っているので「はい」とそっちへ進む。

「これ食べる？」

いつものカリカリウメの小袋をありがたくいただくと、私もポケットに忍ばせておいた飴玉を渡した。

「お返しです。新発売なんですよ」

「これCMで見たことあるわ。ありがとう」

にっこり笑う美香に軽く礼をしてから、デスクへ戻る。

最近は美香とも楽しく会話ができるようになっている。相変わらずミスをしてしまうことも多いが、数社合同で開催予定の〈文具展覧会〉にかかりっきりの美香は今はそれどころではないらしく近ごろはなにも言われなくなった。

むしろ最近では愚痴の聞き役になることも多い。実際、私も今年採用された新人くんたちを見ていると眉をひそめることがある。挨拶はそっけなく、仕事のやり取りはあっさりで、訂正をお願いするとあからさまに顔をしかめられることもしばしば。

きっと、過去の私もこんなふうだったんだろうな……。

立場が変われば視点も変わることを知った。

椅子に腰かけた私は、宝物のようにマグカップを両手で持っていることに気づき、わざと乱暴に置いてみた。

顔を上げると、フロアの向こうにいる水野がこちらを見ている。沙織はスマホゲームに夢中になっていて気づいていない。

「彼が熱い視線を送ってるよ」

水野に気づかれないようにさりげなく伝えると、

「いいの。職場では話はしないから」

と、公私混同を避けている様子で沙織はクールに画面を操作している。

「昼休みくらいいいんじゃない？」

「それがダメ。あくまでプライベートなことだから。そういうところからルールは破られていって、関係も壊れるの」

「そうかなあ」

異を唱える私を見ようともせず、沙織はゲームの世界に戻っていく。沙織なりに昨年の失恋で考えかたを変えたらしく、本当に職場では水野と婚約したことなど忘れたように振る舞っている。

肩をすくめて私もスマホを眺めてからひとつあくび。昼食後はどうしても眠くなる。そんなとき、つい江島に視線を送ってしまう。

もし私が沙織の立場なら、さっきみたいに他愛のない話をするだけでもっと仕事をがんばれるのに。パワーをもらえる、みたいな……。

「ああ」

小さくついたため息は沙織に気づかれることはなく、私はひそかに安心した。

……だから、江島はただの上司なんだってば。

自分に強く言い聞かせれば、午後の始業のチャイムが鳴る。

11月30日（火）
もう11月も終わり。
最近の日記は、前と比べると落ち着いて書けている気がする。
入社したころより仕事も嫌じゃないし、毎日苦しくもない。
早く沙織みたいに、素敵な人を見つけたいな。
今ならこの日記を子どもに読み聞かせても、きっと喜んでもらえるだろう。
ひどかった時期があったからこそ、今の毎日がうれしい。

けど、平凡といえば平凡。

求めればキリがないんだろうけど、なんとなく毎日をただ漫然と過ごしている気はしている。

とはいえ、明日からは12月。

今年も篤生は現れるのかな？

そもそもどうして12月限定なんだろう？

なにか意味がある気はするけれど、彼に会うと運命を変えるのに忙しくてそれどころじゃなくなってしまうので聞けずじまい。

今年も、また悲しい運命を聞かされちゃうのかな？

不安だけど、彼に会ったからこそ今があるとも思う。

きっと前向きに

夜、自室でそこまで書いたときだった。

「菜摘〜」

階下から母の呼ぶ声が聞こえ、私は乱暴にペンを置いた。

「もう少しだったのに」

ブツブツ言いながら階段を下りてリビングのドアを開けた。

「げ」

瞬間、喉の奥でつぶやく。ソファに座る父と母、そして向かい側のひとり用のソファの前にはお茶が置かれている。

これは……話が長くなる合図だ。

「もう眠いんだけど？」

あくびをしてみせても、母には効果なし。

「いいから座りなさい」

一瞬で主張は撥ねのけられた。ぶすっとソファに浅く腰かけて、いつでも立ちあがれる姿勢をとる。せめてもの反抗だ。

母はたっぷり間を取ったあと「あのね」と低い声を出した。

「祐子《ゆうこ》ちゃん、結婚するんですって」

「祐子ちゃん？　ああ、茨城の？」

ずいぶん会っていない従妹の顔を思い浮かべた。私よりひとつ年下だっけ？

「義姉《ねえ》さん電話ですごく喜んでたわ。ほんと、嫌みったらしいったらありゃしない」

苦々しい顔の横で、父は困った顔をしている。母の意見に反対したくてもできないのはいつものこと。

「おばさんも報告したくて電話してきただけでしょう？　おめでたいことなんだし、いいじゃん」

熱々のお茶を飲んで言う私に、母は苦虫を嚙みつぶしたような顔になる。

「あんたは、またのん気なことを……」

こうなってしまっては、もうなにを言い返しても効果はない。母の文句を素直に聞き、嵐が過ぎるのを待つだけ。それなのに私は、

「私は私で探しているから」

とつい反論してしまう。

「探してる、ってもう何年もそう言ってるじゃない。菜摘ももう二十六歳でしょう？　このままじゃ一人前になれないわよ」

「ああ、はいはい」

また出た、古い考えが。

反応が気に入らなかったのか、「決めたの」と母は言った。

「お見合いするから」

「やめてよ。そんなことしたくない」

「ダメよ。もう限界」

「限界なのはお母さんだけでしょ。私は今、やっと仕事も楽しくなってきたところなんだからね」

「仕事なんて続けてどうするのよ。結婚してこその幸せでしょうが」

またケンカになってしまうけれど、お見合いを受け入れるわけにいかない。すると、それまで黙っていた父が、

「まあ」

と静かに口にしたので母が横を見た。

「菜摘が幸せなら、好きにさせればいいんじゃないかなあ」

飄々としたお父さんの言葉に、母の顔が真っ赤になる。ヤバい、と腰を浮かせる。

「お父さんは分かってないの！」

爆発した母に、父はなにかもごもご言いながらキッチンへ避難する。私も一緒に退散することにした。

「明日早いの。おやすみ」

「ちょっと、まだ話は終わってないのよ」

聞こえないふりで階段を駆けあがると部屋に戻る。下では母がきっと父に詰め寄っているだろう。

「もう……」

書きかけの日記帳を眺めた。さっきまでの楽しい気分は吹っ飛んで、モヤッとした重みをお腹に感じる。母の言っていることは分かるけれど、私はお見合いをしてまで結婚する気にはなれない。

これまでもずっと自己主張が激しかった母は、年々おせっかいな注意ばかりしてくるようになった。

私の幸せ、ってなんだろう……。

また浮かぶ江島の笑顔を消して、今夜はもう眠ろう。


十二月二日、木曜日。

春から通っていた料理教室を、今夜卒業した。といっても初級編だけれど。

中旬から始まる中級編の申し込みをしていて、いつもより遅くなった帰り道。バスを降りて歩きだす。小さなロータリーの隅で枯れ葉がくるくると躍っているのを横目で見ながら歩いていると、

「こんばんは」

うしろから声をかけられた。

振り向く前に、誰の声かは分かっていた。

「遅かったね」

と、両腕を背中に回して歩いてくるのは篤生。

一年ぶりの再会なのに、まるでつい昨日まで会っていたかのような懐かしさを感じるのはなぜだろう？

「今日は習いごとがあったの」

「習いごと？　へえ……」

なんでも知っているはずなのに、料理教室のことは知らないんだ。なんだか不思議な気がした。だけど、篤生が来たっていうことは……。

「また死の匂いがしてるってこと？」

「あわてないあわてない」

はぐらかす篤生は、うれしそうな顔のままガードレールに腰を下ろす。

服装はまた去年と同じコーディネートで、まるで二十歳そこそこの弟みたいに思える。もうこれで三年続けて会っているというのに、若返っている印象すらある。

気になるのは、どことなく顔色が悪く見えること。夜のせいかも、と勝手に納得している私に、彼はその長い足を組んだ。

「もう十二月だね。最近どう？　ちゃんと生きてる？」

「うーん。まあまあかな。悩みごとはおかげさまでずいぶん減ったような気がする。仕事もそれなりにこなせるように……って、そのことは知らないの？」

質問を返すと、篤生は首をひねった。

「運命は日々変化してるからね。僕と出逢ってからの君のことは知らないことも多いんだ」

「そういうものなの？」

「そういうもの。自分が変わることで、すべては変わっていくんだよ」

料理教室のことを知らないのもそのせいなんだ。たしかに、この一年、大きな変化はなくとも考えかたはずいぶん変わった。

数年前は『死んでもいい』いや、『死にたい』とすら思っていたのに、今ではなんであんなことを思っていたのかすら分からない。

少しの間を置いて篤生は言う。

「この冬、君は死ぬ」

「……そう」

去年も言われた同じ言葉。それが本当に起きることだと私は知っている。

なぜ篤生が予言してくれるのかは分からないけれど、どこか懐かしい瞳に嘘はないと思った。

「今度はなにが起きるの？」

「それは言えない」

「篤生はなんで私に運命を教えるの？」

「守護神だから」

　どこか楽しんでいるような口調の篤生。

「今回こそ、私に死のピンチが来るのかな？」

「どうだろう。さっきも言ったけど、運命は枝分かれしているから、どういう形で君に死が訪れるのかは分からないんだ。でも、菜摘の表情がやわらかくて安心したよ」

　ひょいと立ちあがった篤生が、

「がんばってね」

　なんて励ましてくるので思わず笑ってしまった。

「今日からまた怯えて暮らさないと」

「菜摘らしく過ごしていればいいよ。そこにほんの少しの意志を持つだけ。逃げずに立ち向かえば運命もきっと変わるさ」

「前回は沙織のことだったよね？」

「そうだったね。彼女は元気？」

　冷たいけれどさらさらと心地良くもある夜の風に篤生の前髪がなびいている。

「もうすぐ結婚するんだよ。……それも知らないの？」

「全然。でも、立ち直れてよかった」

本当にうれしそうに言う篤生に、私もひとつうなずいてみせた。そう、本当によかった。

沙織の今があるのも、きっと篤生のおかげなんだよね……。

「今回はヒントをくれないの？」

「いいよ」

あっさりとうなずいた篤生が、少し考えてから口を開く。

「晴海についてどう思ってるの？」

「え？」

思いもよらない名前に一瞬息が止まった。

「今回は、晴海に関係しているってこと？」

「質問に答えていないよ。晴海の恋愛について、ずっと見ないふりをしていない？　正直な意見を聞かせてよ」

「それは……」

取り繕う言葉を頭に浮かべてみたけれど、篤生に嘘をついても仕方がない。私が彼女の恋愛について思っていることは……。

「見ていてつらい」

「どんなふうに？」

「晴海は……たぶん、叶わない恋をしているの」

ずっと濁されていた彼女の恋愛。つき合っているらしい彼の話を、晴海は会うたびに匂わせてきた。ときには幸せそうに、けれど根底にある感情はあきらめだと感じていた。

「直接聞いたことはないけれど……きっと結婚している人とつき合っているの。だから、賛成できなくて」

「そうなんだ」

軽く答える篤生に、鼻から息を吐いた。

「友達だから幸せになってほしいと思う。でも、夢中になっている晴海にそれを言いだせなくて……」

「最近は会うのも理由をつけて避けている感じなんでしょう？」

ああ、篤生には隠してもムダなんだと肩を落とす。『つき合っている』と言われて以来、晴海と会う回数はたしかに減っていた。

応援しようと頭では分かっていても行動に移せない私がいたし、晴海も私が暗に反対していることを察しているのかもしれない。

渋々うなずく私に、篤生は「そう」と口から白い息を吐きだしたあと急に咳き込む。

「大丈夫？」

驚いてその顔を覗き込むと、ヒューヒューという音が喉から漏れている。何度も苦しそうに体を折って咳をしてから、篤生は息を整えた。

「ちょっと風邪でね。もう大丈夫」

ニッと歯を見せた篤生にホッとしていると、彼は言葉を続けた。

「その晴海に向きあうことが、この冬の君の課題だ。彼女の気持ちに寄り添ってごらん」

「寄り添う、ってどんなふうに？」

「それは自分で考えるんだ。だけど、確実に死は近づいている。回避できるのは君しかいない」

まっすぐに私を見つめる瞳。大きくうなずくと、少しだけ勇気が生まれた気がした。


大学時代から、晴海はパスタが好きだった。

おいしい生麺を求めて、私たちはいくつものお店に行った。社会人になっても会うときはいつもイタリアンばかりで、味に点数をつけあうのが恒例行事。

私たちの最寄り駅周辺には、いくつものお気に入りのお店が点在している。

今日は私のほうから週末に久しぶりに会う約束をした。訪れたのは、私と晴海の間で殿堂入りしている小さなイタリアン。

日曜日の昼ということで、お店は混んでいた。

この時期一押しの『ローストチキンと野菜のパスタ』が私たちの前に置かれている。パプリカの鮮やかな赤やアスパラの緑が、数週間後にやってくるクリスマスを予感させるよう。

が、さっきから晴海は浮かない顔で、フォークを持て余し気味に持ったり置いたりを繰り返している。心ここにあらずの様子の晴海に、

「おいしいよ？」

と勧めても、うなずくだけでほとんど食べていない。

長い黒髪に薄化粧なのは昔から。少しふっくらしたように思えるけれど、顔色は悪い。

ひょっとして恋がうまくいってないのかも……。

そういえば、ランチの誘いの電話をしたときも声に元気がなかった気がする。ずっと彼女の恋愛の話は避けたくてくだらない話題に終始してきた。

けれど、今年もやってくる死を回避するためには晴海の心に向きあわなくてはならない。

「あの、さ」

軽い口調を意識しても、どこか改まった口調になってしまいグラスの水を少し飲んで唇を湿らす。

「なにか……恋愛で悩んでるの？」

「え？」

カタンとフォークが皿に当たった音がした。ぽかん、とした顔の晴海はなぜか驚いているみたい。

そうだろうな、と思う。晴海の恋愛について私のほうから尋ねたことはなかったから。

「ほら、私……ちゃんと晴海に恋愛のこと聞いてなかったからさ」

「ああ……」

ふっと晴海の表情が曇ったのが伝わる。それは、どこか拒絶のように見えてしまい、

「余計なことだったらごめん」

とあわてて謝った。

「そういうわけじゃないよ」

無理して作っているとすぐ分かる笑みを浮かべて晴海は言った。

「食欲ないの？」

「……ごめん」

なぜか謝った晴海が椅子を引いて立ちあがった。

「なんだか今日、体調悪くってね」

言い訳するようにトイレに行ってしまう。

どうしたんだろう……。

テーブルの上で冷めていくパスタを眺めて考えた。体調が悪いのに来てくれたのなら、このまま解散したほうがいいのかもしれない。

「でもな……」

それじゃあ晴海の心に向きあうことにはならないだろう。そもそも向きあうってなんだろう？　ずっと避けていた晴海の恋愛話を今さら聞くことは、正しいことなの？

しばらくして戻ってきた晴海は、席につくと背筋をピンと伸ばした。さっきとは違い、その表情にはどこか決意のようなものが表れている。

「菜摘に話したいことがあるの」

まっすぐに私を見てくるので、

「あ、うん……」

つられて姿勢を正した。

肩で大きく息を吐いた晴海は、ひと息に告げる。

「私、結婚してる人とつき合ってるの」

店内に流れているBGMに負けそうなくらい小さな声。

やっぱり、という思いで「そうなんだ」と答えると、晴海は三回くらい小さくうなずいた。

「職場の上司でね。初めて会った日からずっと好きだった。彼も私を好きだと分かってからはあっという間だった。とても優しい人なの」

らしくない早口で晴海は言う。

「……へえ」

うまく返事ができずにパスタを食べる。冷めつつある麺は、力なくフォークにからまっていく。

「ずっと奥さんとはうまくいってないんだって」

「そう」

「いつか別れて一緒になってくれるって言ってくれたの」

「うん」

「妊娠したの」

――ガチャン……。

衝撃的な告白に、思わずフォークから手を離してしまった。動揺する私に晴海は目を伏せた。

続く沈黙に、なにか言わなくちゃと気持ちが焦る。

「妊娠って……いつ分かったの？」

「三日前。五週目だった」

「五週目だった、って……。それって、相手の人は……」

ゴクリと飲み込むツバの音さえ聞こえそうなほど、私たちの周りにしんとした空気が漂っている。

「言ったよ」

「……彼はなんて？」

「『産んだとしても、誰も幸せになれない』、そう言われたの」

「……どうするの？」

「分からない」

「分からないって、晴海？」

　顔を覗き込む私に、晴海は少し笑った。

「本当はね、産むって決めてるの。バカでしょう？　私も自分で自分が本当にバカだと思う」

「でも、どうやって育てるの？」

「それはなんとかなるって思うんだ」

「え、待ってよ。だって、子どもを育てるってきっと大変な――」

「ごめん」

　かぶせられた言葉にハッとすると、晴海はもう立ちあがっていた。両手で握り拳を作る晴海は、私の視線から逃れるように目をつぶった。

「こんな話するんじゃなかった。……忘れて」

「晴海？」

「今日はこれで帰るね」

テーブルに代金を置くと晴海はハンドバッグを手に急ぎ足で店を出ていく。

――カランコロン。

間の抜けた音を残して、晴海は十二月の町に消えていった。


「三十点」

日曜日にあった出来事を話す私に、沙織は速攻で点数をつけた。もちろん晴海の名前は出していないし、内容も少しオブラートに包んだつもり。

「なんでそんなに低いのよ」

「だって、最悪の返答だし」

帰り支度をした仲間が次々と帰っていくなか、元気のない私を心配して声をかけてくれた沙織。

そこまではありがたかったけれど、まさかダメ出しされるとは思っていなかった。

「私なりに必死に答えたんだよ。他にどう言えばよかったのよ」

乱暴にパソコンの電源を落とす。

今日は水曜日。あれから何度電話やメールをしても、晴海からの返答はないまま時間だけが過ぎていく。

「その友達はさ、ずっと菜摘に相談したかったんだよね?」

「たぶんそうだと思う」

「大切な友達に、やっと話を聞いてもらえる。それなのに、菜摘がやったことは質問攻めなわけでしょう？　しかも決して好意的じゃない空気満載だったと思う。そりゃあショックだよ」

あっさりと言い放つ沙織。フロアの向こうで、水野がチラチラこちらを見ている。デートなのかな……。ごめんと、心のなかで手を合わせた。

「いきなり妊娠の話をされたら驚くし、状況を聞きたくなるでしょ」

「まあね」

「それに、不倫だし……」

「ほらその顔」

目の前に沙織の人さし指があった。

「ちょっと人を指ささないでよ」

むんずと手ごとつかんでも沙織は上目遣いのまま私を見てくる。

「菜摘は全部顔に出ちゃうの。不倫は良くない、っていう気持ちが出過ぎてるうえに質問ばかり。これじゃあ、責められてるって思うじゃん」

「そ、そんなに出てる？」

手を離して両頬に手を当てると、大きく沙織がうなずいた。

「もれなく」

「もれなく？」

「全部出てる」

「全部!?」

残っている同僚がなにごとかと視線を送ってくるのでディスプレイに隠れて声のトーンを落とす。

「でも、友達が不倫してたら不安になるじゃん」

「不安なのは友達のほう。その子は、菜摘に答えを聞きたかったんじゃない。ただ、話を聞いてほしかった。それだけだと思うよ」

早足で去っていく晴海の後ろ姿を思いだす。話を聞いてほしかったのに、私が質問ばかりしたから……。

「相談かと思ってたけど、違ったんだ……」

「やっと決断した答えを否定された気がしたんだろうね。考えてみなよ。五週目で妊娠を知ったんだよ？　そんな早くに気づいたなら、ひょっとして予感はあったのかもしれない。現実になってしまって、それでも決断したなら相当な覚悟はあったはずだよ。世間一般で言われるいわゆる正論だって分かってたと思う。きっと悩んで悩んで、ようやく出した答えだったと思う」

「うん……本当にそうだね」

なのに私は不倫に対していきなり嫌悪感や非難めいた正論を振りかざしてしまった。晴海はただ、聞いてほしかっただけなのに。

「友達なんでしょ？　今からでも遅くないよ」

しゅんとする私を置いて沙織は「お疲れさま」とフロアから出ていく。あわてて水野が立ちあがるのが見えた。

晴海の心に向きあえなかった。その事実が胸にぐさりと突き刺さったまま。

時計を確認すると、私も席を立つ。

このまま放ってなんておけない。


晴海の実家は山口県にある。

新幹線に乗らないと行けないし、お金もかかると言って、晴海は社会人になってからはあまり帰省していない。

大学を卒業し、そのままこちらで就職を決めた晴海が住んでいるのは、今も昔も同じアパート。〈メゾンセゾン〉という名前に似つかわしくなく、かなり古い建物だが、最寄り駅から徒歩圏内。

何度も行ったことがあるから考えごとをしていても足は勝手に進んでいく。

　アパートに到着して二階にある晴海の部屋を見あげても電気はついておらず、まだ晴海は会社から戻っていない様子。

　しばらく待つことにして頼りない街灯のポールにもたれて冬の空を見あげた。

　晴海に会ったらなんて言おう。それだけをひたすら考える。

　会話を思い返せば、沙織の言う通りだと思った。せっかく頼ってくれたのに質問するふりをして責めていたのなら、晴海が去ったのも理解できる。

　やがて足音が聞こえそちらを見ると、晴海が歩いてくるのが見えた。コートの襟に顔を隠すようにして寒そうな様子。

　もうひとりの体ではないと思うと、そんな晴海の姿に思わず胸が熱くなった。

「晴海っ」

　思ったより大きな声が出てしまった私の声にビクッと体を震わせた晴海が、

「……菜摘？」

　といぶかしげな顔をした。

「ごめん。突然来ちゃって」

　近寄ると一層体をこわばらせているのが分かる。そして、その目が怒っていることも。

「なんの用？」

「この間はごめんなさい。晴海の話も聞かずに質問ばかりして」

「大丈夫だよ。もう放っといて」

遮断するようにぴしゃりと言うと晴海は錆びたアパートの階段を上りはじめる。

「放ってなんかおけない」

「なんでよ。菜摘には関係ない話でしょ」

「違う。それは違うよ」

追いかける私に、晴海は階段の途中で足を止めて少し振り返った。

まだ怒っている。尖ったあごのラインが見える。

「なにが違うの？　私の答えが？　それとも、私と彼との関係が？」

「友達が苦しんでいるなら放っておけないってこと。だって、晴海は私の一番の友達だから」

胸が苦しかった。許してくれなくてもいい。それでも、今の気持ちを伝えなければ、きっと後悔する。

それが晴海を知ることだと思った。

「無理しなくていいよ」

「無理じゃない。そうじゃないの」

もどかしさに叫ぶような声になってしまう。晴海がゆっくりとこちらを見た。

「晴海が出した答えなら、それは私の答えだよ。大事な友達を私は心から応援するの。だから、この間はごめん……。晴海に悲しい思いをさせて、本当にごめんなさい」

それは必死で出した私の答え。

沈黙にびゅうと風が吹き、髪が舞った。

カンカンと鉄を鳴らす音がして、街灯が翳る。晴海が腰を曲げて私の顔を覗き込んでいた。

「どうして菜摘が泣くのよ」

「え？」

言われて気づいた。涙だけでなく、鼻水まで流れている。何年経っても感情が出てしまうのは変わらないんだ、と情けなくなる私に晴海は少し笑った。

「もう。これじゃケンカもできないじゃない。ほら、上がって」

久しぶりに見たその笑顔に、ようやく緊張が解けていった。


翌日の仕事帰り、私はあのビルへ向かった。ひょっとしたら会えるかもしれないと期待していた通り、ビルの前に篤生は立っていた。

まるで私が来ることを知っていたように篤生は挨拶を口にすることもなく、

「さぶっ」

と肩をすぼめる。

「教えてほしいの」

近づく私に、彼は少し首をかしげて先を促してきた。

「晴海を知ることで、死は回避できるんだよね？　篤生のアドバイス通り、晴海の恋を知ったよ。彼女は妊娠してた」

「うん」

やっぱり篤生はなんでも知ってるんだ、と素直に納得した。

目の前にいる不思議な人の素性は一向に分からない。ただ、その存在が冬という季節に大きく関係していることは疑いようもないけれど。

「まだ、この冬に私は死ぬの？」

晴海に向きあってもまだ死の予感はない。今回こそ後悔のないようにするには、どうしても篤生に会ってヒントがほしかった。

「そうだね。まだ根本的な問題は解決していないからね」

「根本的？　それって、やっぱり晴海と関係しているってことだよね？」

篤生にならって歩道のガードレールに腰かけると、澄んだ空には三日月が浮かんでいた。さらさらと銀色の光が降り注いで、まるで私たちは月光浴をしているみたい。

幻想的ではかなくどこか悲しい気持ちになるのは、話題が死についてだからなのかもしれなかった。

「晴海はどんな説明をしてくれた？」

　横顔を見せたまま尋ねた篤生に、私は晴海の言葉を思いだそうと目を閉じた。まだ月の光をまぶたの裏に感じるようだった。

「山下歩《やましたあゆむ》というのが彼の名前なの。同じ銀行で働いている人でね……すごく優しい人」

　昨日、晴海は温かい笑みを浮かべてお茶を淹れてくれた。

　晴海が長年愛用しているこたつにふたりで入ると、ようやくホッとする。が、さっきより涙も鼻水もあふれて止まらない私。ティッシュを大量に消費しながらお茶を飲んだ。

「私は窓口業務だし、基本的に営業の人とはあまり会わないの。だけど、ずっと気になっていて」

「そうなんだね」

「歩さんは三十五歳で、奥さんも同い年。子どもはいないみたい。アプローチをされたのは二年以上も前のこと」

「うん」

「理性ではいけないことだ、って分かってたから断っていた。だけど、どんどん惹かれていくのが不思議だった。車のスピードが上がるように、気づけば降りることができなくなっていたの」

堰を切ったように話す晴海の表情は苦悶に満ちていた。ずっと話したかったことをようやく伝えられた安堵の裏で、どれだけ悩んだことだろう……。

おととし、晴海から相談を受けたことを思いだした。あのころからきっと迷っていたんだね。去年の冬にはたしか『おつき合いしている人がいる』って言っていたっけ……。

ああ、もっと早くにちゃんと聞いていれば、と自分を責めそうになり、晴海の話に意識を戻した。

「奥さんとはうまくいってない、離婚するって何度も約束してくれたの。だから、信じた。ううん、信じたかったんだと今は分かる。だってね……」

それまで浮かべていた笑みを消し、言葉に詰まったように晴海は唇を噛みしめた。

「妊娠したことが分かったとき、すぐに報告したの。きっと喜んでくれるって思った。これで奥さんと別れて私と結婚してくれるんだ、って。でも、話を聞いた歩さんは、傍から見ても分かるくらい真っ青になったの」

「晴海……」

思わず伸ばした手で、その白い指先をつかんだ。細かく震えていて、それでも晴海は無理してほほ笑むから、私はもっと泣きたくなる。

「産んでも誰も幸せになれない、そう言われたの。それから怯えたような目で私を見た。優しかったのが嘘みたいに、頭を下げて言うの。子どもはあきらめてほしい、って」

涙をすすった晴海の目に涙が生まれている。

きっと、ずっと泣きたかったんだ。こうして話を聞いてほしくて、晴海は何度も私に相談しようとしていた。それを、私が避けたから……。

私の気持ちを察するように、もうひとつの手で私の手を包んでくれる。

「それ以来、職場でたまに会っても歩さんはオドオドしててね。逃げるように私を避けるの。ああ、最初から別れる気はなかったんだな、ってようやく目が覚めた。そこまで分かっても……それでも、まだ彼が好きなの」

「晴海……」

「おかしいよね。もう嫌われていることは分かってるのに、理屈じゃないの。どうしても愛する人の子を産みたい、そんなことを願ってしまうの」

最後の言葉は消え入りそうなほど小さく、はかなく。

「すごいね。そんなに好きになれる人と出逢えたなんて」

心から言った言葉は晴海に届いたみたいで、優しい目でうなずいてくれた。

彼女の決心を応援したい。今は本心からそう思える自分がいる。

「会社辞めなくちゃね。だけど、後悔はないんだ」

指を解いて湯吞を持つ晴海に、私は「待って」と首を振った。

「産休とか育休使ってからゆっくり考えればいいじゃない。晴海にはその権利があるよ」

「なるほど。そういう考えかたもあるのね」

初めて気づいたように晴海は目を丸くした。

「私にできることがあれば、言って。晴海のためならなんだってやるよ」

「ふふ。ありがとう」

落ちついた声に、私も笑うことができた。親友に戻れた気がしてうれしかったんだ。

篤生は私の話を聞くと、ふんふんと首を縦に振ってからガードレールから離れた。まだ座っている私と向きあうような姿勢で、後ろでは細い月が雲に隠れようとしている。

「死の匂いはまだしている」

「まだ足りないのか……」

ガックリと肩を落とす私に、篤生は両腕を組んだ。

「晴海の話が気になるな。その歩ってやつ、今はどんな気持ちなんだろうか」

「どうだろう。明日、晴海が産むと決めたことを伝えるって。もちろん、認知もしてもらわなくていいし、これまで通りつき合いたいって」

「そんな都合のいいことが大人の世界では許されるの？」

子どもっぽい発言が急に飛びでて「え？」と見ると、篤生は眉間に深くしわを寄せていた。

「ちょっと菜摘も冷静になってよ。一番悲しいのは奥さんだよね？　自分の夫が他で女を作って、そいつが子どもまで産む。じゃあ奥さんの気持ちは誰が分かってあげるの？　もし奥さんが知ったとき、誰が味方をしてあげるの？」

「篤生？」

「全部を知った奥さんは、きっとひとりで悲しみに暮れることになる。それなのに、みんな自分の希望ばかりを主張してさ、一番悲しい人をほったらかしにしてさ。そんなの、おかしくない？」

急に怒りだした様子の篤生に驚く。まるで自分が当事者のような口調に違和感を覚える。でも、言われて気づく。篤生の言うことは正しい。私も、もしも奥さんが晴海だったとしたら許せなかっただろう。

「そうだよね。篤生の言うことも分かる。だけど、私は晴海に寄り添うって決めたから」

「知ってるよ。ヒントを出したのは僕だからね。だけど、なんだか正義の基準がおかしいって言いたかったんだ。もう一度ちゃんと考えてみて」

まだ興奮した様子の篤生が、急に「……ッ」と胸を押さえた。そのままくずおれると荒い息を繰り返す。

「ど、どうしたの？」

あわててその肩に触れる。

「……なんでもない。少し疲れただけ」

去年もたしか風邪を引いていなかっただろうか？

よろりと立ちあがった篤生が、だらりと両手を垂らして背を向ける。

「とにかく……すぐそこまで死は来ている。十分に気をつけて」

弱々しい言葉を告げて、歩いていく篤生。

その背中が今にも消えそうに感じ、また不安が込みあげた。


今年初めての雪が降っている。

仕事帰り、駅前のコンビニで買い物をしていると、ガラスの向こうに白いものが舞っていた。

雑誌コーナーに立って華やかな女性誌の表紙を眺めていると、疲れた様子のサラリーマンが店内に入ってくる。

「ああ、井久田さん」

眠そうな顔をしているその人が江島だと、脳が判別する前に声をかけられた。

「お、お疲れさまです」

退社するときに言ったのと同じ言葉を反射的に繰り返してからふと我に返る。私の持っているカゴの中身は、栄養ドリンクとビール、おつまみ各種。

「あ、あの。友達のところにこれから行くんです」

聞かれてもいないのに言い訳を口にしていた。

「金曜日ですものね」

「江島主任は、夜ご飯を買いに？」

「ええ。今夜はテレビ三昧です」

いたずらっ子のように笑う江島に、また胸が鳴った気がした。ごまかすように、

「この近くにお住まいなんですか？」

と尋ねると「ええ」と恥ずかしそうにうなずく。

「ここから数分の古いマンションです」

「そうですか」

これ以上話題を膨らませることもできずに会釈をして別れても、狭い店内ではすぐに再会してしまう。

そのたびに軽く頭を下げてすれ違う私たち。

レジで会計をしていると、スマホが着信を知らせた。見れば、晴海の名前が表示されている。

急いで支払いをしている間に、電話は切れた。が、すぐにまた着信音が鳴り響く。

隣のレジで会計をしている江島がチラッとこちらを見たので、愛想笑いを振りまきなが

らお釣りを受け取り急いで店の外へ向かう。

なにか買ってきてほしいものがあるのかも、と通話ボタンを押した。

「もしもし。今から行くところ」

が、晴海の声は聞こえない。

「……晴海？　もしもし？」

尋ねると、電話の向こうで言い争うような声が聞こえる。発信ボタンを押してスマホを放置しているのだろうか？

――ガタン。

大きな音が聞こえ、なにかが落ちるような音。かぶさるように男の人の怒鳴り声が続く。

自動ドアが開く音がしてスマホを耳に当てたまま振り返ると、江島が私を見て「あ」と口を開いた。けれどそれどころじゃない。

「もしもし？　どうかしたの、ねえ晴海!?」

必死で尋ねてもやっぱり返事はない。オロオロする私に、

「大丈夫ですか？」

と江島が心配そうに尋ねてきた。

「友達からの電話なんですけど、なんかおかしいんです。ひとり暮らしのはずなのに誰かがいるみたいな……」

そこまで言ってから、ゾクッと背中に冷たいものが走った。ひょっとして……山下さんが晴海の部屋に？

「大変……」

江島と目が合った。

「友達の家に、彼が来ているのかも」

「彼が？」

コクコクとうなずきながら耳を澄ます。さっきよりも興奮した男の声。

「俺を……陥れようと……お前がっ……」

途切れ途切れの声でも、相手が怒っているのが分かる。スマホを確認しようと黒い画面を見れば、やはり晴海の名前が表示されたまま。

黒い画面に落ちてきた大粒の雪が溶けていく。

江島がなにか聞いてきたけれど、それと重なるようにスマホの向こうから大きな物音が聞こえた気がして再び耳に当てた。

勝手に体が震えだす。

座り込んでしまいそうなほどの恐怖のなか、

「やめて！」

晴海の叫び声が聞こえた。続いてガタガタと揉みあう物音がして、唐突にぶつりと電話が切れた。

「晴海、晴海!?」

スマホを見れば『通話終了』の文字が光っている。

ようやく呪縛が解けた私は、そのまま走りだした。山下が来ているのは間違いない。

これが……今年訪れる死なの？

最悪の予感を振りきるように駆ければ、雪は左右に散っていくようだった。


アパートに到着するころには息も絶え絶えだった。力を振り絞り階段を駆けあがった私はそこで足を止めた。

晴海の部屋のドアが少し開いている。なかからオレンジの光が漏れていて、けれど先ほどスマホ越しに聞こえたような怒号や物音は聞こえない。

怖い。怖くてたまらない。でも……迷っているヒマなんてない。

晴海に死が訪れる運命だったとしたら、私が変えなくちゃ。

そうしないと一生後悔する。

整わない息もそのままに部屋のドアを静かに開けると、すぐにリビングに立っている男の人の背中が見えた。

乱れたスーツ姿。そしてその向こうに倒れているのは……晴海だ。

髪の乱れた晴海が、少し動いたように見えた。気を失いかけているのか、じっと目をつぶっているけれど外傷は見たところなさそうだ。

コンビニの袋をそっと玄関に置き、ドアは開けたままでゆっくり靴を脱ぐと足音を殺して晴海に近づく。

男の人は微動だにせず、ただ立ち尽くしている。

じりじりと壁伝いに移動しながら男性の脇を通り、その顔を確認しても、彼はぼんやりと宙を眺めているだけで私を見ようともしない。

ようやく晴海のそばにひざまずく。

「晴海」

小声で言った私に晴海はハッと目を開けて私を確認すると、

「……菜摘。ああ、菜摘」

顔をくしゃくしゃにしてかすれた声を出した。

晴海の頭を抱き寄せ、安堵の息をつきながら男性を見あげた。晴海はガタガタと震えている。

「山下さん……ですよね？」

勇気を振り絞って言った私に、彼はぼんやりと目を向けた。焦点が合っていないようなうつろな目で、

「……誰？」

と、力なく尋ねてくる。

「晴海の友達です。晴海に……なにをしたんですか」

相手を刺激しないように語尾をあわてて弱める。

三十五歳と聞いていた山下は、なんだかもっと年上に見えた。目の下には濃いクマがあり、もう私に興味を失くしたように宙に視線を戻している。

「外へ出よう」

そう晴海に言った私は、そのとき初めて彼の右手になにかが握られていることに気づいた。

部屋の照明に反射しているそれは、包丁。

一瞬息が吸えなくなると同時に、先に警察を呼んでおくべきだったと後悔するが、もう遅い。

どうしよう……。

晴海の震えが自分に感染したみたいに、ゾクゾクしたものが背中を走った。

「なんでだよ」

ふいに山下がつぶやいた。

「俺たち、うまくやってたはずなのに、なんでだよ……」

「ヒッ」

晴海が私にさらにしがみつく。身動きが取れないまま、私は男の目を見返した。

私が守らなきゃ。晴海は絶対に私が守ってみせる。

「お前が悪いんだ。そう……お前が。俺の家庭を壊すつもりなんだろ？　なあ、そうなんだろ？」

急に穏やかな声色になった山下は顔を歪めて笑う。

暗く濁った眼が私を捉えた。ゾッとするほどの絶望がそこに見えた。

「帰ってください」

震える声を抑えてなんとか言葉にするけれど、山下には聞こえていないようだ。

ゆっくりと両手で包丁をかまえると、刃先を私に向けてきた。

「……めちゃくちゃだよ。なにが『産みます。迷惑はかけません』だ。もう迷惑なんだよ、お前が、お前の存在がっ」

いけない。

興奮しだした声に晴海をぎゅっと抱きしめた。

「ごめんなさい。ごめんな……さい」

何度も繰り返し謝る晴海。山下が首を横に振った。

「死のう。もう、ふたりで死ぬしかない。そうすれば、晴海の望み通り一緒になれるからさ」

　あきらめたような口調には優しささえ含まれている。彼の本気を知った私は、からみつく晴海の腕を解いて背中に押しやった。

「ダメ。晴海は殺させない」

「お前……も、俺の邪魔……」

「山下さん。こんなことしちゃいけません。晴海はただあなたの子どもを産みたいだけなんです。迷惑はかけませんから」

「嘘だ！」

　響きわたった怒号が、ビリビリと部屋中を震わせる。それでも、私は晴海を壁に押しやり両手を広げた。

「嘘じゃありません」

「嘘だ、嘘だ、嘘だ、嘘だ！」

　うああ、と体を振り回した山下がまともとは到底思えなかった。

　悪魔に取り憑かれたような動きに必死に心を落ち着かせる。やがてその目が私を射抜く。

「お前は誰なんだ？　なんでみんなで俺を責めるんだよ」

「山下さん、誰も責めていません。落ち着いて――」

「死ねばいい。死んでくれよ。頼むよ……」

ゆらりと山下が動き、包丁をゆっくりと頭上に掲げる。

ああ、とようやく理解できた。

今年、死ぬ運命だったのは私だったんだ。あの火事の夜に死ぬはずだった私の命は、ここで終わってしまうんだ。

蛍光灯で逆光になった黒いシルエット。その先にある刃先がキラリと光る。

「うわあああああ！」

叫び声とともに、山下が大きく振りかぶった。まっすぐに凶器が私に振りおろされる。

私は目をギュッとつぶった。


ホームに新幹線の到着を知らせるアナウンスが響いた。

それほど混んではいないクリスマスの早朝。まだ雪が降っていて、弱い太陽の光に白色がまぶしいほどに輝いている。

隣に立つ晴海は、大きな荷物を足元に置くと、

「寒いね」

と言った。

「寒いね」

同じ言葉で返すと、私はかじかんだ両手をコートから出した。

あの夜から二週間以上過ぎてもなお、たまにこうして自分が生きていることを実感してホッとしてしまう。

「なんだかいろいろごめんね」

横を見れば、晴海が上目遣いで謝ってくる。もうこれで何度目か分からない。

「謝らないでってば。私はなんにもしてない、っていうかできなかったもん」

逆光になった山下が包丁を振りおろした瞬間、私はたしかに死を覚悟した。けれど続いた怒号とアパートが揺れるほどの振動に目を開けると、山下は壁に投げ飛ばされていたのだ。

かばうように私の前に立っていたのは——江島だった。

今でも、あの怒りに満ちた背中を昨日のことのように思いだす。

「江島主任のおかげ。私の様子がおかしいのを気にしてあとを追ってくれていたんだって。なかの様子をうかがってたなんて全然気がつかなかった」

白い息がふわりと舞い、消える。

機転を利かせた江島の通報で警察が駆けつけ、山下は逮捕された。

事件は公になり、会社との話し合いで晴海は実家の近くにある銀行の支店に異動することになった。いずれ産休や育休も取れることになったらしい。

「全部私が悪いの」

晴海はあれ以来、ずっと自分を責めている。

「そんなことないよ」

「ううん。いろんな人を傷つける結果になっちゃった……。歩さんを追い詰めたのは私。だけど、後悔はしていないの」

静かな口調に、私はうなずくしかできない。

伸びをした晴海が、少し笑った。

「あんなことになっても、まだ歩さんが好きなの。だから、彼の分身と一緒に、懺悔の気持ちを持って生きていくことにしたんだ」

それは彼女なりの答え。

うなずきながら、私は篤生があの夜口にした『正義の基準がおかしい』という言葉を思いだしていた。

「あのね、晴海。それぞれが自分のなかに『正義』を持って生きているんだと思うんだ。ある人にとっては『正義』でも、他の人から見れば『悪』ってこともあると思う」

「うん」

「晴海の選択が正しいかどうかは私には分からない。でもね……」

一旦区切ってすう、と冷たい空気を吸い込んだ。

「晴海が選択したことを、私は全力で応援する」

「……ありがとう」

　積もった雪を舞いあげながら、白い車体がホームに滑り込んできた。

「菜摘、元気でね」

「晴海も。もちろん会いにいくからね」

　私たちの別れ。長い間そばにいたから、本当は悲しくてたまらない。でも、あふれる感情は、これから先の未来を思える前向きな気持ちだった。

　晴海を全力で応援すると決めたから。

　ニッと笑ってみせると、晴海も大きくうなずいた。けれど、晴海が抱きついてきたからこらえていた涙があふれてくる。

「菜摘が友達でよかった」

　くぐもった声に「うん」とうなずいて洟をすすった。

　ドアが開く音がして、晴海が体を離す。

「菜摘も幸せになってね」

「うん」

「江島さんのこと気になっているんでしょう？」

「うん……えっ？　そんなことないって」

　あわてて両手を目の前で振る私に、晴海は涙を拭いてカラッと笑った。

「何年友達でいると思ってるのよ。見てれば分かるって。それに、とても素敵な人だと私も思うよ」

「……でも」

「私と違って、最初から叶わない恋じゃないんだよ。だから勇気を出してね」

「分かった」

素直に口に出せば、江島への気持ちが込みあげる。そう、あの夜私を助けてくれた江島の大きな背中に、私は自分の気持ちを確信したから。

晴海が車内に入ると同時に発車を知らせるベルが鳴り、扉が閉まる。

「またね」

笑顔で手を振りあう私たち。

また涙がこぼれても、私は笑みを消さなかった。涙のままで別れたくはなかったから。

やがて列車は動きだす。去りゆく車体はすぐにスピードを上げ、カーブを曲がると見えなくなった。

それでも私は手を振り続けた。晴海に明るい未来があるように、そして離れても支えていけるように。願いと誓いを降り続く雪に込めながら。

「無事に回避できたね」

声に振り向けば、閑散としたホームに篤生が寒そうに立っていた。

「昼間も現れるんだね」

「人を幽霊みたいに言うなよな」

もはや突然姿を現しても驚かなくなっていた。

「死を回避できても、後悔はなくならないんだね」

新幹線の去った方向を見て言う私に、

「たとえば？」

と、篤生は尋ねた。

「もっと早くに晴海の悩みを聞いてあげればよかった。それならば、また違った未来もあったかもしれない」

「それは仕方ないよ。どんなにベストを尽くしたとしても、後悔は生まれる。後悔を重ねながら生きていくのが人間なんだから」

へえ、と篤生を見やった。まるで人生の先輩のような口調に感心しながら、そうかもと納得している自分がいる。

これまでの人生を思えば、篤生に会うまでは幸せを感じることもなかったけれど後悔も感じていなかった。ただあきらめて生きていただけ。

こうして他人と向きあえるようになったことで、私自身も変わろうとしているのだろうか……。

「この冬は菜摘か晴海、もしくはあの男の誰かが死んでいた。よくやったよ」

「そうかな。なんだか……まだ心が落ち着かないの」

「それが生きている証ってこと」

軽い口調の篤生の顔色が悪いことにそのとき初めて気づいた。

「篤生？」

けれど私の問いから逃げるように篤生は「またね」と歩きだす。

「待って」

呼びかけに立ち止まった篤生が振り返ると、さっきまでの具合の悪さが嘘のように、にこやかにほほ笑んで彼は言う。

「約束のタイムリミットまではあと四年だ。来年も運命は君を死へ誘うだろう。今のままじゃまだ弱い。だから、強く生きて。逃げずにしっかりと生きて」

そう言って今度こそ去っていく背中。

篤生はいったい誰なんだろう？　――どうしてそんな悲しい目で私を見るの？

答えの出ないまま、やがて今年も終わろうとしていた。

幕間

あなたの恋は叶った。
だけど、それは誰かの命と引き換えに手に入れた濁った色の絆。
少なくともあなたはそう思い込んだ。

悲しい表情で窓の外を見ている瞳が今も思いだされる。
僕の声も聞こえないほど、深い悲しみの底にいるような目。
きっと、あなたの心は死んでしまったんだね。

立て続けに起きた友達の死を受け入れられないまま、あなたは生きた。
やがて起きる悲劇は、すぐそばまで来ている。

僕にあなたを救えるのだろうか。
どうすれば、あなたの本当の笑顔が見られるのだろう?

二十七歳／パラダイムシフト

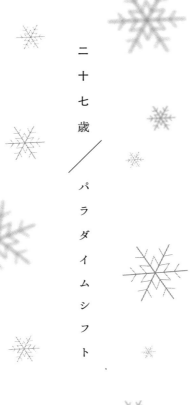

給湯室が『愚痴部屋』と呼ばれるようになって久しい。

美香が私にアイコンタクトを送ってくれれば、マグカップを手に給湯室へ集合する合図。

あまり長い時間にならないよう気をつけなくてはいけない。が、美香に注意できる上役がいないのも事実。

世間ではすでに来年の話題ばかりの十一月末。仕事納めに向けてこの会社も徐々に忙しくなっている。

「もう、いい加減にしてほしいわ」

鼻からため息をこぼしながら私のカップを受け取った美香は、棚の奥に隠してある美香専用のドリップコーヒーをセットする。

「吉田《よしだ》くんって全然漢字を知らないの。企画書の日本語もおかしいし」

「ああ」

今年の新入社員三名のうち、美香を悩ませているひとりが吉田だ。無口で無愛想なイメージが強く、私もまともに話をしたことは少なかった。

「でも、半年以上続いているわけですし」

フォローする私に、美香は不満そうにため息をついた。

「注意しても『はあ』って返事ばっかりでさ、なんだかバカにされてる気がするのよね。日本語の間違いを指摘しても、聞いてるんだか聞いてないんだか」

たしかに、吉田が笑ったところを見たことがない。最近の子は感情を表に出さないので、やる気があるのかないのか分からない面がある。

このごろは、教育係を担うようになった私。担当である新卒女子の工藤《くどう》も同じ部類だった。

厳しい先輩だと非難していたのが嘘みたいに、今では美香の苦労がよく理解できる。やはりその立場に立たないと分からないことはあるのだ。

けれど、美香の怒りはおさまらない。

「私が新人のころは、仕事はできなくても先輩がなにか教えてくれたらすかさずメモを取ったものよ。同じミスは繰り返さない、これって大切なことでしょう？」

「でも私も最初は全然仕事についていけませんでした」

義理はないが吉田をフォローする私に「あら」と美香は目を丸くした。

「だけどあなたはちゃんと成長してるじゃない。これでも頼りにしてるのよ」

意外な言葉に一瞬で顔が熱くなる。美香にこんなふうに褒められたのははじめてだし、どう反応していいのか分からない。

出来あがったコーヒーを受け取りお礼を言うと、美香は冷蔵庫からエナジードリンクを取りだした。最近、一日二本は飲んでいるらしい。

私は砂糖のポットが空になっていたので、詰め替えてから戻ることにする。

「皆、揉まれて成長するべきなのに、少し過保護過ぎるわよね」

すっきりしたのか、笑顔を残して美香が出ていき、その入れ替わりのように江島が入ってきた。

「江島さんもコーヒーですか？」

「はい。暖房のせいか、やたら眠いんです」

「じゃあ濃いコーヒーを淹れますね」

カップを受け取りながら、さっきよりも頰が紅潮しているのを感じる。

江島をはじめて意識したあの夜からずいぶん時間は過ぎている。彼のことを考える時間がどんどん増えている。

私を助けてくれた江島のことをあれからずっと好きなのに、どうしても自分でその感情を否定してしまう日々。

職場では目の前の仕事に追われているので強く意識することも少ないけれど、家に帰ってひとりになるとどうしても考えてしまう。

もともとネガティブな私にとって、江島への気持ちは今では、半ばあきらめに近い感情になっている。

いつしか呼びかたも『江島主任』から『江島さん』に変わっていたけれど、彼は気づいていないだろう。

「あれ」

江島の顔を見て違和感を覚えた。昨日見たときより、前髪が短くなった気がしたから。

こんな少しの変化でも気づいてしまう自分がうれしくて悲しい。

私の視線に気づいたのか、江島が「ああ」と前髪を触ってやわらかくほほ笑む。

「伸びていたので、昨日家で切ったんです」

「家で……え？　自分で切ったんですか？」

「おかしいですか？」

気にするように指で毛先を散らすけれど、ますます揃い過ぎている前髪のラインに笑いがこぼれてしまった。

「ごめんなさい。少し直線に切り過ぎているような……」

「ああ、やっぱり……」

シュンとする江島に、

「美容院とか行かないんですか？」

と尋ねると、彼は困った顔になった。

「行こうとは思うんですけどね、寝ているうちに休みが終わってしまうんですよ。それに美容院って、僕みたいなおじさんにとってはハードルが高いんですよね」

「私の行っている美容院には、けっこう男性のお客さんも来られてますけど」

「若い子ばかりでしょう」

「そんなことないと思います……今度の日曜日に予約しているのでまた観察しておきますね」

そろそろ戻らないと、と歩きだす私を江島が「井久田さん」と呼び止めた。

「僕も日曜日、ご一緒してもいいですか？」

驚きですごい顔をしてしまったのだろう。江島が、

「はは。変なこと言ってしまいました。忘れてください」

と手を横に振った。

「いえ、全然大丈夫です」

ヤバい、と思ったときにはまた顔が熱くなっていた。

「お、お昼休みにでも江島さんの分も予約入れておきますね」

逃げるようにフロアに出て椅子にどすんと腰を下ろしても顔のほてりが取れない。

久しぶりにふたりっきりでこんなに長く話をすることができた。今夜の日記に書こう。

「なるほどね」

隣の沙織がそう口にしたのは、はじめひとり言だと思った。

「菜摘も恋をしたか」

「ええ？」

横を向けば手鏡を見ながら沙織がニヤニヤしている。

「たしかに主任、よく見るとカッコいいもんね。昔言った『ハズレ物件』は訂正するわ」

沙織がからかってくるので、

「ちょ、そんなんじゃないって」

と、小声で注意したけれど、彼女はおかしそうに笑い声を上げた。

「だって菜摘、分かりやすいもん」

「静かに」

周りに聞こえやしないかとドキドキして言う私。以前、晴海にも言われたけれど、そんなに私は分かりやすいのだろうか？

「産休に入る前に菜摘と主任がつき合うところ、見たかったんだけどな」

こういうときの沙織は本当に意地悪だ。

「結ばれませんって」

なにを口にしても沙織にはバレているのだろう。

でも、この気持ちを口に出してしまうことは、この先につらい片思いが続くことを自ら実感するだけだと思う。きっと、あきらめ気分でいるほうがラクだ。

「いつから産休だっけ？」

水野と結婚して子どもができるまでは、あっという間だった。最近目立ってきたお腹を見ながら尋ねる。

「十二月十四日からだから、あと二週間くらいかな」

そうか、もうそんな時期か……。カレンダーを見れば、今日は十一月二十九日。三連休を利用して晴海に会いに山口へ行ってから、もう二か月以上過ぎたのか。

地元で元気な女の子を産んだ晴海は、現在育児休暇中。結局、そのまま山口で仕事を続けるそうだ。

シングルマザーは大変そうだけれど、晴れやかな顔をした晴海に会えたのは良かった。

十二月。もうすぐ篤生とまた会える。

会うのはうれしくても、毎年悲しい思いをすることになるけれど……。

「それより主任との恋をちゃんと進展させてくれなきゃ」

せっかく違う話題にしたのに、元に戻す沙織に頬を膨らませた。

「だからそんなんじゃないってば」

「じゃあ、淹れにいったはずのコーヒーはどこに置いてきたの？」

「え？」

言われて気づいた。流し台の上に置きっぱなしのまま戻ってきてしまった。

軽い笑い声を上げた沙織に、ますます膨れっ面になる私だった。

日曜日の午後三時までは完璧な流れだった。

昼前に美容院の近くの喫茶店で待ち合わせ。約束の時間よりずいぶん早く到着してしまい、高鳴る胸を落ち着かせようとしても無駄な抵抗で、余計にドキドキする始末。

現れた江島は、普段のスーツ姿ではなく、カーキ色のジャケットに紺のパンツ姿だった。

「お疲れさまです」

なんて、いつもの挨拶をしてしまう私。

いつもと違うカジュアルでかっこいい姿に『ただ美容院に同伴するだけなんだから』という自分への言い訳もすっ飛んでしまって挙動不審にヘラヘラと笑うことしかできない私。

喫茶店に入りランチを頼んだ。名物のサンドイッチを頼んだけれど、味なんてわからない。

会話はだいたいが仕事のこと。でも、ときおり江島のプライベートを聞くことができて、新しい一面が見られた。なによりも大きかったのは、長年彼女がいないことが会話の流れから判明したこと。

テンションが上がりっぱなしのまま、予約時間が近くなり美容院へ移動した。

「今日はどうしますか？」

馴染みの美容師さんにカットをお願いしながら江島を見れば、渡されたヘアカタログを見て首をかしげている。

「江島さん、決まりましたか？」

「いやあ……困りました。どうしてこのモデルたちはこんなに若くてかっこいいのでしょうか。これじゃあ似合う髪形が分からない」

困った顔で見てくる江島に、生まれてはじめて自分のなかに母性愛に似た感情が生まれるのを感じた。

「短めのお任せでいいんじゃないですか？　毛先にパーマをかけても素敵だと思いますよ」

「パーマですか？」

驚いた顔の江島にうなずく。

「私もパーマをかけるので同じくらいに終わると思いますし」

「そうですか。じゃあ、井久田さんにお任せします」

江島の担当の美容師さんが「かしこまりました」とうなずいたのを見て、ようやく私も自分のオーダーを伝えた。

スピーカーから小さく流れるボサノバの音楽と私たちの髪を切る音が心地良く響いている。つい鏡越しに観察してしまう私と目が合うと、江島は小さくほほ笑んでくれた。

いつもはおしゃべりな担当美容師もなぜか今日は口数が少ない。

静かな音に満たされるこの空間が心地良くて愛おしくて、切なかった。

ずっと胸にあった気持ちが『これは恋だ』と教えているよう。そんなことはない、と否定してもゆらゆらと答えは揺れている。

先に終わった江島に遅れること十分、それぞれに会計をしてから店を出た。改めてその顔を見ると、これまでのボサボサ頭から一転して爽やかな姿に生まれ変わっていた。小顔によく似合う前髪が風の軌跡を描くように後ろへ流れている。何歳も若返った印象だった。

もうダメだ。あまりにも素敵な江島に胸の鼓動が聞こえてしまいそう。

「似合いますよ」

なんでもないような口調を心がけて言うと、江島は毛先にかかったパーマを指で触って照れくさそうに笑う。

「自分じゃないみたいです。井久田さんもお似合いですよ」

「あ……ありがとう、ございます」

自分から褒めたくせに、語尾が小さくなってしまう。

――それが二時半の話。

帰り道も会話が途切れることはなく、けれど次の信号で別々の方向になってしまう。一歩歩くごとに近づく別れの時に、モヤモヤした感覚が生まれる。ああ、これが恋なんだと思い知らされる。

本当はこの次も会う約束をしたい。でもそんなことをしたら、江島は困るだろう。もし気まずくなったら、二度とこうやって笑って話せなくなる。

でも……飲み込んだ気持ちはすぐに口からあふれそうになっている。もう、抑えられない。

私は、江島のことが好きなんだ。

点滅している青信号の交差点の前で、江島は「じゃあ」と言った。

「はい」

ニッコリ笑いながらも、泣きたい気持ちでいっぱい。

時計を見ると午後三時。幸せで切ない気持ちを連れて私も帰ろう。

そのときだった。

「菜摘」

背後から聞こえた声にドキリと心臓が鳴った。聞き覚えのある声に振り向くと、目を丸くした母がそこにいた。

「お母さん」

「菜摘あなた……あらあら」

母は私から視線を江島に移すと、

「菜摘の母です」

と自己紹介をはじめてしまった。

「江島です。井久田さんには会社でいつもお世話になっております」

「菜摘と同じ職場なんですか？　そうですかぁ。あの、失礼ですが独身でいらっしゃいます？」

「はい」

「ちょっとやめてよ」

ぎょっとして腕を引っ張る私の手からするりと逃げると、母はさらに江島に近づく。

「そうですかぁ。うちの子もいい人いないんですよぉ。あら、ひょっとして——」

これ以上言われてはかなわない。ふたりの間に強引に割り込むと私は江島に頭を下げた。

「今日はありがとうございました。失礼します！」

「あ、はい」

少し気圧された感じの江島から母を無理やり引き剥がす。去っていく江島を、母は満面の笑みで振り返った。

「なんだぁ。デートならそう言ってよ」

「そんなんじゃないって。ただの上司だから」

江島に声が届きそうな距離で言うなんて、本当にデリカシーがない人。

沸々と怒りが湧いてくるのを感じながら私は歩きだす。離れたいのになぜか大股でついてくる母が横に並んだ。

「さっきの人……江島さんだっけ？　あの人のこと、好きなんでしょう？」

「やめてよ。関係ないでしょ」

「嘘ばっかり。本当に分かりやすいんだから。もうさっさとあんたからプロポーズしちゃいなさい」

「関係ないでしょ」

我ながら少ないボキャブラリーで答えるが、母にあきらめる様子はない。

「もう二十七歳。十分遊んだでしょうに」

「やめてって」

「あの人と結婚しなさいよ。いつまでもこんなふうにフラフラしてたら、周りの人がどう思うか」

「いい加減にしてよ！」

思わず出た大声に、道行く人がぎょっとしているのが分かった。けれど抑えきれない。

「なによ急に。びっくりするじゃない」

「お母さんはいつだってそう。口を開けば結婚のことばっかり」

「どうしていけないの？」

まったくこの怒りを理解していない母が眉をひそめて続ける。

「いい、菜摘？　女性の幸せっていうのはやっぱり結婚なのよ」

「それはお母さんの考えでしょう。お母さんに、私の気持ちなんて分かりっこないよ！」

冷たい言葉を投げ、私は走った。せっかくセットしてもらった髪も台無しになってしまった。

母への怒りは、胸のなかにずっとあったのかもしれない。けれど、それ以上に、幸せな時間を壊されたことが許せなかった。

12月4日（日）

ひとつうまくいくと、ひとつダメになる。

お母さんにとって結婚が幸せの象徴であることは理解しているつもり。

私だってしたくないわけじゃない。でも、自分の価値観を押しつけられると本当に迷惑。

せっかくの江島さんとの日曜日を台無しにされた気分。

お母さんは私が好きじゃないのかな？

思えば昔からそんなにかわいがられた記憶はない。

いつだって『女性はね』『大人っていうのはね』と正論ばかりで、言うことも厳しかった。

お父さんも逆らえないから隣でおとなしくしているだけ。

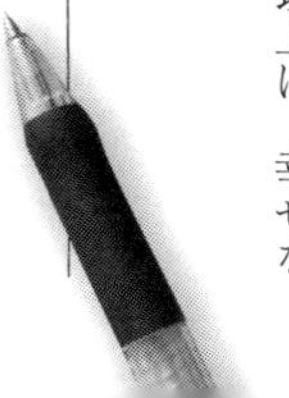

あー本当に嫌いになりそう。

沙織や晴海みたいに私もひとり暮らしをしようかな。

それより、今年も篤生はやってくるのかな……。

あと3年後に篤生の言うタイムリミットが来てしまう。

こんな愚痴っぽい日記を書いている時点で、私はまだまだ成長が足りないのだろう。


「おはよう」

一年ぶりの再会だというのに、篤生は昨日まで会っていたかのような挨拶をしてきた。

昨日の美容室での出来事を思いだしながら通勤していたいつも通りの月曜日の早朝。

会社まであと少しという道のはしに、篤生が立っていたのだ。

「びっくりした」

立ち止まった私に篤生は両腕を組んだまま肩をすくめる。

「久しぶり」

「いつも突然現れるんだね」

「だから幽霊みたいに言うなって」

「私、そんなこと言ったっけ？」

「昨日……違う、去年言ってた」

そっけない態度の篤生と一緒に、出勤している人波から抜けて道のはしへ向かう。

今朝はとくに寒くて、太陽もまだ見えず鈍い光が雲の向こうに見えているだけ。去年と同じ白いセーターに紺のコートを羽織った篤生は、相変わらずの童顔。

出逢ったころも年下だとは思っていたけれど、改めて観察するとずいぶん若く見える。

「菜摘、僕が来たってことはさ」

「分かってる。『この冬、君は死ぬ』でしょう？」

「ご名答」

にっこり笑った篤生の顔色が悪いことに気づいた。そういえば、去年も体調が悪そうだったっけ……。

「ねえ、篤生は誰なの？」

「僕は網瀬篤生。A、M、I、S、E」

朝から大きな声でアルファベットを言う篤生を、道行く人が興味深そうに目をやり通り過ぎていく。

「そんなことを聞きたいんじゃなくって、なんで私を助けてくれるの？」

「守護神だから」

「じゃあ、どうして十二月だけなの？　他の月はなにをしているの？」

「十二月は僕の誕生日があるんだ。誕生記念で、サービスをしてるってところだね」

ダメだ、話にならない。

深くため息をついてから、私はカバンを肩にかけ直した。

すると、

「井久田さん」

と私を呼ぶ声がした。

振り向くと、江島がニコニコと歩いてくる。

「おはようございます、早いですね」

「おはようございます」

思わず何度もお辞儀をしあってから篤生へ視線を戻すと、もうそこに彼の姿はなかった。

「またいなくなっちゃった……」

本当に神出鬼没だ。まあ、なんにしても今日からしばらくは気をつけなくてはいけない。

そういえば、毎年もらっていたヒントを聞き忘れた。ヒントがないと、どうやって死を回避してよいのか分からない。

「どうかしましたか？」

オロオロする私に、江島が尋ねてきた。

「なんでもないです」

なんとか笑顔でごまかすと、歩きだした江島についてビルに入り、エレベーターに乗り込む。この時間はまだ通勤してくる社員も少なくて、運良くふたりっきりになる。

「江島さん、やっぱり髪形よく似合っていますね」

思ったことがそのまま言葉になって自分でもびっくりしたけれど、いつものスーツに身を包んでいる江島は若々しく見えた。

「はあ。なんだか慣れなくってですね……。生まれて初めてヘアゼリーをつけました」

「ヘアジェルですね」

さりげなくフォローしながらも、ふたりだということを意識してしまい、江島の顔を見られない。これまでのボサボサ頭と違って、スーツ姿に髪を軽く後ろへ流したスタイルはあまりにもかっこよかった。

「ヘアジェルっていうのですね。知りませんでした」

「どうぞ」

と、開いたエレベーターの扉から先に江島を行かせた。

幸せな気持ちが、いつも以上に自分の行動を事務的にさせる。照れくさくて恥ずかしくてうれしい。

オフィスのカギを開ける背中を熱く見つめてから、肩で息を吐く。

今からは仕事モードでいかないと。まだ誰もいないオフィスに入り、照明をつけると、朝の掃除の準備をはじめる。

昼間はにぎわっている声やキーボードを叩く音もそこには存在せず、しんとした空間のなか掃除機をかけていると、オフィスと一緒に準備体操をしている気分になる。

そういえば、と給湯室のシンクを拭きながら考える。

江島は最近、出社時間がどんどん早くなっている気がする。ひょっとして私に会うために……？

「まさか」

バカらしい、そんなことあるはずがない。邪念を洗い流すべく力を入れてシンクを磨いていると、

「すみません」

突然江島の声がして「キャア」と声を出してしまった。私以上にびっくりした顔の江島に、「あ、ごめんなさい」と頭を深く下げる。

「こちらこそ。突然すみません」

申し訳なさそうに同じように頭を下げる江島。きっとコーヒーでも淹れにきたんだろうと邪魔にならないよう給湯室を出ようとした私を、

「あの」

と、江島が呼び止めた。

「はい」

「あの……」

見ると、困った表情で床のあたりを見ていた。電気ポットがポコポコと音を立てて沸いている。どうしたんだろう、とさすがに気になるほどの沈黙が続いたあと、江島は顔を上げた。

「今度の日曜日。空いていますか?」

「日曜日……」

「話があります」

「話……」

「昨日と同じ時間に、あの喫茶店で会えませんか?」

「あ、あ……会えます。もちろんです」

私の答えに、江島はホッとした表情を見せた。

「じゃあ、そのときに」

「そのときに」

給湯室から出ていく江島を見送ってから、シンクにもたれるように寄りかかる。体中に力が入らず、ぼんやりしてしまう。

「江島さんが……」

宙を見あげてさっき言われた言葉を頭のなかで反芻した。すればするほど顔だけではなく体中が熱い。

これって……デートの誘いってことでいいんだよね？

また日曜日に江島とふたりで会えるなんて、今年の冬は今のところ良いことしか起きていない。

結局、平常心に戻り給湯室を出るまで、何分もかかってしまった。

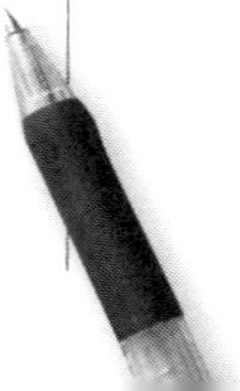

12月8日（木）

最近、職場では江島さんの人気が急上昇している。

日曜日に髪を切ったおかげというか、そのせいというか……。

たしかに江島さんは前よりもかっこよくなった。

あの美香でさえ「見惚れた」と言うほど、女子が江島さんを見る目が変わっているのが分かる。

間もなく産休に入る沙織なんて、「ハズレ物件」と言ってのけた過去を忘れて、「あたしは前からダイヤの原石だと思ってたけどね」なんて口にしているし。

でも、もともと江島さんに惹かれていたのは私だけだったはず。

見た目だけじゃない。

江島さんは誰に対しても丁寧で、そして優しい人。

好きな人が褒められてうれしいけど、ライバルが増えそうな怖さもある。

けど、あと3日で江島さんとの2回目のデートが！

浮かれすぎてはいけないと分かっているけれど、やっぱり期待してしまう。

こんなワクワクした気持ち、生まれて初めてかもしれない。


翌日、風が窓を叩く音で目が覚めた。

ぼんやりした頭で時計を確認すると、起床予定時間の二十分前。ここ最近、なぜか目覚ましが鳴る前に起きてしまうから不思議だ。

日曜日を意識しすぎて、気持ちがたかぶっているからだろうか。何度も江島の言葉を思いだしては、そのたびに幸せを感じてしまう。

恋はこんなふうに自分を変えるものなんだ……。

布団を鼻の下まで引っ張ってもう一度目を閉じる。

あの火事の日にすべてをあきらめなくてよかった。篤生が助けてくれたからこそ、今があるんだ、と改めて思う。そう考えれば、篤生には感謝しかない。

去年のちょうど今ごろは、晴海の事件が起きた。あれからもう一年が経つなんて本当に早い。

振り返れば、ここ三年の間に、最悪だった自分の人生が少しずつ上向きになっている、というのは大げさだろうか。

過去を辿っているうちに起床時間に近づいたので起きることにした。布団から出ると身震いするほど寒く、すぐに暖房を入れて着替える。

リビングへ下りるころには、すっかり出勤の準備はできていた。

日曜日まであと数日、今日も早く江島の顔を見たくて仕方がない。

「あれ？」

台所を覗くと、電気が点いていなかった。朝食の用意もされていない。

私よりも早起きの母が起きていないなんて珍しい。これまで、インフルエンザになったときくらいしかないケースに首をひねった。

江島と一緒のところを見られて以来、どこかぎこちない会話が続いていたけれど、私も大人になろう。

「しょうがない」

と、寝室へ向かう。せっかく良い気分で目が覚めたのだから、と心に余裕が生まれている。

昨日から父が出張でいないので、寝坊してしまったのだろうか。

寝室の扉をノックすると、「……ふぁい」と予想通り寝ぼけた声が聞こえた。

「開けていい？」

「いいよ」

ドアを開けると、まだ薄暗い部屋のベッドでモゾモゾ動いている母の姿が見えた。

「どうしたの？」

「なん……か、風邪……でね。……のよ」

よく聞き取れない声に眉をひそめたけれど、風邪なら仕方がない。コンビニでパンでも買って出勤してしまおう。

「薬持ってこようか？」

「大丈夫。寝て……から」

「熱あるの？」

私の質問に、母は小声でなにか答えているけれど聞き取れなかった。

熱が高いのだろうか？　気になるけれど、日曜日まで数日という今、風邪をうつされるわけにはいかない。

「じゃあ行ってくるね。病院行きなよ」

「はぁい」

ドアを閉めると、私の思考はまた江島で満たされていく。


会社に向かっていると、冷たい風に頬がジンジンと痛んだ。思わずマフラーを引きあげ、顔をうずめる。

そういえば、あれから篤生は姿を見せない。今回は中途半端にしか話せず、ヒントももらえていなかったので、どこかから現れそうな気がして左右を眺めながら歩くけれど、見つけられないまま会社に着いてしまった。

エントランスでマフラーを外していると、なぜだろうか、ふと朝の光景が頭をよぎった。

いくら風邪を引いたからといって、母がベッドから起きあがれないほどなのは初めてのこと。

よほど体調が悪かったのだろうか？　声も聞き取れないほどで、よく考えれば風邪とはいえ、あまりにもいつもの母とは違い過ぎた。

じっとマフラーを眺めれば、今さらながら母の様子が心配になってくる。

「ひょっとして……」

まさか、今年やってくる死は、母に関連してる？　ゾクッと背中に寒いものが走った気がした。

あれほど篤生に予告されていたのに、また自分のことで頭がいっぱいになってしまっていた。

私はとんでもない間違いを犯したんじゃ……。

そう考えるといてても立ってもいられなくなる。

「おはようございます」

後ろからやわらかい声が聞こえるのと同時に、それが江島のものだと気づく。とたん、そちらへ走りだしていた。

「すみません。私、今日お休みしていいですか？」

「え？」

「母親が病気に……あの、なんでもなかったらまた来ますからっ」

オロオロする私に、江島はすぐに状況を把握したらしく、私の肩に手を置いた。

「落ち着いてください」

低音の声にハッと我に返る。すぐそばにある江島の顔に気づき、あわててあとずさった。

「すみま……せん」

「ひとりで帰れますか？」

「あ、はい」

何度もうなずく私に、江島は少し考えている様子だった。やがて、なにやらスマホにメッセージを打ち込むと、

「心配だから僕も行きます」

そう言った。

絶句している私を置いて、江島は自動扉を抜け、外へと足を進めた。その背中をぼんやり見る。

……家に来る？

状況が呑み込めないまま追いかければ、冷たい風はすぐに私の頬を冷やした。

もう一度バスに乗り、家に着くころには嫌な予感はどんどん膨れあがり破裂しそうなほどになっていた。江島のことも気遣えないくらい、悪い想像ばかりが頭を占めている。

「ここで待っていますから」

玄関先でそう言う江島をそのままに、靴を脱ぐのももどかしく廊下の奥にある寝室へ向かった。

「お母さん？」

ノックもせずに寝室のドアを開けると母の姿はなかった。病院に行ったのかと少し安心してドアを閉めようとした視界のはしに、違和感を覚える。

よく見れば、カーテンも閉めっぱなしだし、布団も乱暴に剝がされた状態でブランケットは床に落ちている。整理整頓には人一倍うるさい母のやることとは思えなかった。

「なにかあったんだ……」

ベッドのマットに手を当てれば、まだ少し温かい。ということは、起きたばかりのはず。

そのとき、遠くからなにか音が聞こえた気がした。息を止めて耳を澄ます。

やっぱりうめくような声が聞こえる。

「井久田さん！」

鋭い声がして、廊下を駆け戻ると江島が左奥を指さしている。

「奥から声がします」

そこは……トイレだ。見やればドアが少しだけ開いていた。

「お母さん！」

走ってドアを開けると、そこには寝間着姿の母が便器に覆いかぶさるように倒れていた。

「お母さん！　お母さんっ」

足音が聞こえ江島が駆けつけてきた。真っ青な顔色の母が、目を閉じたまま小刻みに震えている。意識が混濁しているのか、私の呼びかけにも反応せずに、口からうなるような声を出している。

「お母さん、しっかりして！」

抱きかかえようとする私を、「待って」と江島が止めた。

体を押しのけられたかと思うと、江島は母の髪を掻き分けその表情を見て、すぐに立ちあがりスマホを操作しだした。

「救急です。自宅のトイレで倒れています。女性です。はい、はい」

急な展開に頭がついていかない。母が少し目を開きゆっくりと口を開いた。

「気持ちが悪いのよ……」

その言葉のあと激しく嘔吐し、大きく体を痙攣させる。

「お母さん！」

駆け寄ろうとした私の腕を江島がつかむ。

「ここの住所は？　お母さんの名前と年齢は？」

「え……住所？　それよりお母さん、お母さんが！」

ぐるぐると視界が回っている。

私のせいだ……。私が気づけなかったから、お母さんが……。

「しっかりしなさい。今は救急車を呼ぶほうが先。早く電話を代わって」

渡されたスマホを耳に当てると、男性の声で住所を尋ねられる。機械的に答えている間に江島は玄関へ行ったかと思うとドアを大きく開けた。

すぐに寝室から毛布を持ってくると、母の体にかぶせ、なにかを耳元で言っている。

母が小さくうなずいている。足元がぐらつき、壁にもたれるようにそれを見ていた。それから十分もしないうちに遠くからサイレンが聞こえてきた。悪い夢だと何度言い聞かせても、その音はどんどん大きくなっていく。

医者から脳梗塞だと告げられた。入院になること、麻痺が残る可能性などを淡々と説明される。それから何枚かの用紙にサインをさせられた記憶がある。

質問することもできずに茫然とした頭のなか、私はずっと自分を責め続けた。

気をつけるべきだったのに、どうして風邪だと勝手に結論づけてしまったのだろう。篤生にだって言われていたのに、私って本当にバカ。悔やんでも悔やみきれない。

診察室でうつむいて歯を食いしばる私に、

「あまり自分を責めないでください」

と声が聞こえ、ゆっくり顔を上げた。

「発見が遅れたために亡くなる方も多い病気です。少しでも早く気づけたからこそ、助かったと思いましょう」

目の下の隈を下げて小さく笑みを浮かべる医者にうなずいてみても、心は深い沼に沈んでいるように重かった。

気づけば病室にいて、ベッドの横の丸椅子に私は座っていた。

穏やかな呼吸で眠っている母は、まだ意識が戻らないが顔色は少し戻ったみたい。〈入院のご案内〉と題された白黒の用紙は、握りしめていたせいか手汗でしなっている。

「少しでも水分を摂られたほうがいいですよ」

ドアの開く音にゆるゆると右を向くと、江島が床頭台を指さしている。見ると、カップに入ったコーヒーが載っている。さっきも勧められたような気がする。

「あ……すみません」

伸ばした手がおもしろいくらいに震えていた。ガタガタと揺れてうまくつかめないでいると、江島がそっとカップを握らせてくれた。

「きっと大丈夫ですよ」

静かな声に、私はうなずいた。今になってようやく自分の意識が戻ったような気になる。

腕時計は、お昼の時間をさしていた。思えば朝からずっと江島がいてくれたのだ。

「江島さん、仕事が……」

「有休はたくさんあるので気にしないでください」

こんなときなのに優しく言われ、少し鼻がツンと痛くなる。

「もう大丈夫です。ありがとうございました」

「大丈夫じゃないです。見ていれば分かります」

「え？」

混乱が表に出ないように、ぬるいコーヒーを飲んだ。ふやけた紙の味が口のなかに広がる。そんなことですら、くじけそうになる弱さが私を覆っている。

「そんな悲しい目をしている井久田さんを置いていけませんよ」

急に、涙がぶわっと生まれた。止める間もなく一気にこぼれる。

それは悲しみと後悔の涙。耐え切れずに両手で顔を覆った。今や、手の震えは体全体に広がっていた。

「お母さんはきっと良くなりますよ」

励ましの言葉をくれる江島に、首を何度も振った。

「違う……んです。私なんです。全部、私が悪いんです」

「どうしてそう思うのですか？」

手を膝の上に戻し、大きく息を吐いた。どう言えばいいのだろう、このモヤモヤを。

迷いながらも口を開いた。

「実は最近……母と、少しギクシャクしていたんです」

「ケンカですか？」

「感情のすれ違いっていうか……。うちの母親、けっこう口うるさいタイプなんです」

なぜ江島にこんな話をしているんだろう？　好きな人に家庭の問題なんて知られたくないのに、勝手に口がしゃべっている。

「だから避けていたのもあります。今朝も起きてこなかったとき、前ならもっと心配したはずなんです。なのに、ただの風邪だろうって、私は軽く流しちゃって……」

篤生の忠告を活かせなかった。母が死んでしまったらそれは私のせいだ。

ふと肩に温度を感じ、言葉を止める。江島の手が肩に置かれている。

「パラダイムシフト」

横顔の江島が口にした。

「え？」

「パラダイムシフトって言ってみてください」

「パラダイムシフト……どういう意味ですか？」

尋ねる私に江島は目を細めた。

「パラダイムシフトというのは、『視点を変える』という意味です。どんな出来事も自分の意見だけで決めつけるより、考えかたを変えたり発想の転換をしたほうがより真実に近づけます」

急に哲学っぽくなる話に理解が追いつかない。

江島が、「そうですねぇ」と天井に視線を上げた。

「お母さんの件について一緒に視点を変えて考えてみましょうか」

よく分からないまま うなずく私に、横顔の江島が続ける。

「井久田さんは、わだかまりのせいでお母さんの変化に気づけなかったと自分を責めている。そうですね？」

優しく尋ねる江島に、何度もうなずいた。

「でも違う視点で見れば、あなたの意思でとった行動もあるんです」

「それはどういう……？」

自分のことなのに思いつくものがなかった。

「仲違いしていたにもかかわらず、お母さんの様子を見にいったこと。声をかけたこと。そして、会社まで来たのに戻ったこと。それらすべてをやらなかったとしたら、今ごろまだお母さんはトイレで倒れたままじゃないですか？」

「でも……」

「井久田さんが違和感に気づいたからこその今がある、そういう風にも考えられます。もしも最悪の状況になっていたなら、『あのとき家に戻ればよかった』となっていたでしょう」

ゆっくりと立ちあがり、江島は窓際に進んで振り返った。昼の光を浴びて、彼の髪がキラキラと光っている。

「井久田さん、僕は思うんです。人生はいろんな分岐点があって、僕たちは選択という作業をして選んだ道を歩いていく。そして、そのたびに後悔を背負うものだと」

不思議だった。江島の言葉は私の胸にすとんと落ちてきた。

まるで先生の話を聞いている生徒のような気分で私は大きくうなずいた。

「井久田さんは間違った選択をしたと思っている。ところが、第三者の僕からすればそれは違うと思う。あなたはきちんと行動した。だからこそお母さんは助かったのです」

「そうでしょうか……？」

「そうですよ。それに、なにが正しいかなんて誰にも分かりません。井久田さんが選んだ道を、正しい道にすればいいんです」

江島がニカッと大きな口を開けて笑った。こんな思い切りの良い笑顔を、見たことがなかったから驚く。

私が、正しい道にする……。

「無理ですよ……。自分に自信を持てないのに、正しい道にする力なんてありません」

目線を逸らし母を見た。こんなことになって、母には申し訳ないと思うし、自分を責める気持ちも強い。けれど、その一方で、長年のモヤモヤのせいで心から母を大好きになれない私もたしかにいる。

江島のように思えたならどんなにラクだろう……。

握った両手を見つめる視界が翳った。

見あげれば、江島がすぐそばに立っていた。背後からの光がまぶしすぎて、その表情が影になって見えない。

「本当は、日曜日に伝えるつもりでした」

すっと目線を合わせた江島の真剣な表情に息が吸えなくなる。反応できずにいる私に、彼の口がゆっくり開く。

「ひとりで正しい道にできないのなら、僕が力になります。ふたりで正解を見つけて生きていきたい。井久田さん、ずっとあなたのことが好きでした」

そう、彼は言った。


「それで、菜摘はなんて答えたの？」

スマホ越しに聞こえる晴海の声に、リビングのソファに倒れ込む。

十二月十五日の今日、母は急性期の病院から近くのリハビリ病院へ転院した。左半身に少し麻痺が見られるものの、理学療法士の先生の話ではかなり軽度らしい。仕事帰りにお見舞いにいくと、普段より少し元気がないくらいで会話も動きもこれまでと変わりないように思えた。

ようやく安堵のため息をこぼせた私。そうなると、今度は先日された江島の告白について気になってくる。

いや、ずっと気になっていたけれど逃げていたんだ。

「あのときはそれどころじゃなかったから……」

言い訳を先に並べるのは昔からの私のくせ。晴海は小さく笑い、「で？」と先を促す。

江島のあの真剣な顔を今でも思いだせる。キレイな黒い瞳が私だけを見つめていた。

好きな人から告白され、夢のような気持ちになるべき状況。

——それなのに。

「断ったんだよね……」

ボソッと素直に白状した。

「えっ！　どうして？」

「だって……今は母のことだけで精いっぱいだから考えられない」

「江島さんはなんて言ってた？」

「『いつか、答えを聞かせてほしい』って。そのあとすぐ、パニックになったお父さんが登場したんだよ。で、気がついたら江島さんはいなくなってたの」

「それでどうするの？」

「どう、って……。分からないよ。お母さんが退院するまではなんにも考えられない」

ふう、と息をこぼす私に、晴海は「そっか」と静かに言った。

天井の壁紙の模様を追っていた目を閉じれば、心細さがまた顔を覗かせる。

「あれだけ苦手意識があったのに、やっぱり病気になっちゃうと心配になるよね」

「罪悪感もあるから、じゃない？　元気になったらまたイヤになっちゃうのかもしれないけど」

励ますような晴海の声に、ソファから起きあがり台所を見る。父も病院に寄っているのだろう、今この家にいるのは私ひとり。

肉親が死んでしまうかもしれない恐怖を初めて知り、なんだか心が落ち着かない。

「あれ以来、江島さんともうまくしゃべれないんだ。私、ほんとなにやってるんだろう」

スマホの向こうで赤ちゃんのぐずる声が聞こえた。

晴海の子どもは、愛海《まなみ》という名前で目がぱっちりとしていて可愛い。次に会うときはきっと大きくなっているんだろうな。

「晴海こそ、ちゃんと寝てるの？」

「うん、夜泣きもあんまりしないからけっこう眠れてる。むしろうちの母親のほうが『ミルク飲ませたかね？』『日光浴の時間が長すぎるんじゃないとね？』ってうるさいんだよ」

あはは、と笑う晴海に私もクスクス笑う。たしかに九月に夏季休暇を使って会いにいったとき、晴海のお母さんはやたら張り切っていた。

「母親ってそういうものなのかもね」

そう言ってすぐに、母を思いだした。本人は迷惑だと思っていても、それが愛ゆえのこともあるのかもしれない、とふと気づいたのだ。

愛海ちゃんがついに泣きだしたので電話を切ることにする。通話終了のボタンを押せば、部屋には静けさと寂しさが戻った。


仕事が終わるとお見舞いにいくのが日課になりつつある夕暮れ。

最近改装されたというリハビリ病院には、新しい建物特有の匂いがまだしている。トイレにでも行っているのか、病室に母はいなかった。

日常のなかで突如自分に非日常が降りかかったとしても、人は無理やりにでも順応してこうして日々は過ぎていく。

けれど、そこに残る感情を背負っていかなければならない。

私にとってそれは、母への気持ち。正直今も、母を心から心配しているかと問われれば百パーセントそうとは言えない気がする。きっと、これまで言われ続けた小言がわだかまりとなって積み重なっているのだろうと思うし、そんな自分をひどく冷たい人に感じる。

けれど、江島が教えてくれたあの言葉があるから、少しだけ変われる気もしている。

ゆっくりとした足取りでスリッパを踏み鳴らしてくる母が病室に戻るなり、

「また来たの？」

と、呆れた声を出した。一秒だけムッとしてから、自分を抑えるために大きく息を吐いて笑顔を作った。

「『今日は来ないの？』って、自分でメール送っておいてよく言うよ」

「あら、そうだったかしら」

すっとぼけた顔をしても内心うれしいのだろう、ニコニコしている。そのままベッドに腰かけた母が、

「お茶取って」

と言うので、

「それもリハビリでしょ」

と冷たく返す。ぶつくさ言いながらも床頭台の上にあるペットボトルを取り、片目でにらみながら飲んでいる。

母にとって私はなんでも言いたいことを言える相手。そして、昔は私もそうだった。自分のダメさ加減に、いつしか私は母の言うことを言葉通り受け取ることができず、うまく話せなくなっていたんだ……。

――パラダイムシフト。

江島に教えてもらった通り、視点を変えれば見えなかったものが見えてくる。臆する必要なんてないことを知った。

「退院、あさってだよね？」

「ここの先生たちはみんないい人だけど、さすがに帰りたいわ。お父さんも心配だし」

「毎日寂しがってるよ」

口には出さなくても、父は母がいないとダメなこともよく分かった。毎日、ため息ばかりついていて、楽しみにしていたテレビのサッカー中継も見なくなった。

「そうだ、菜摘。良い話があるのよ」

急にテンションが上がったように目を輝かせる母。こういうときに良い話であったためしがない。

「作業療法士の先生で、独身の人がいたのよ。三十歳で、次男ですって！」

「あー、はいはい」

軽く流しながら、『もうお母さんは復活間近』と口にはせずに判断した。

実際、左半身に麻痺が残る可能性があるものの、お見舞いにくるたびに回復しているのが分かる。

「はいはい、じゃないの。ね、一度会ってみない？　そうだ、まだいらっしゃるから呼んでみようかしら」

暴走した母がナースコールのボタンを手にしたのであわてて奪い取る。復活間近じゃない、もうとっくに復活していたんだと思い知る。

「お見合いなんて必要ないって」

「そんなの会ってみないと分からないでしょうに」

あきらめない母が腕を伸ばしてくるので、

「恋人がいるの！」

ナースコールのボタンを引き寄せながら言ってしまった。母は「えっ」と動きを止める。

「いつ？　そんな話してなかったじゃない。あ、それってこの間一緒にいた人のこと？」

「……まあね」

搬送のときにも一緒だったことは記憶にないらしい。

「つき合ってたのね。ああ、なんだかホッとしたわ」

「でも、まだ恋人じゃないのかも……」

「恋人じゃない？　それってどういうこと？　あなた嘘ついたの？」

口ごもってしまう私に、敵が尋問をやめる気配はない。もう今日は白旗を掲げて逃げ帰るしかない。立ちあがって私は母の顔を覗き込む。

「退院したらちゃんと話すから。とにかく早く元気になって戻っておいで」

最後まで笑顔でいられたのは、江島のおかげだ。

やがて家に着くと、当たり前のように篤生がいた。父はまだ帰っていないようで、暗い玄関にもたれて立っている。

「今年も死を回避できたね」

寒さに震えながら言う篤生に、もわっとした怒りが込みあげる。

「どうしてお母さんのこと教えてくれなかったの？」

「だから、教えられないんだよ。これは僕の運命じゃないし人生でもない。自ら意識して動くことで回避していくんだから」

「本当に回避できたの？　これが正解の道だと思える日は来るの？」

江島が言っていた『人生の分岐』の話を思いだす。彼は選んだ道を正解にすればいいと教えてくれた。

「君が毎日をきちんと生きて選んだ答えなら、いつかは正解だと思えるさ。前にも言ったけれど、死は肉体だけじゃなく心にも訪れる。お母さんが助からなかったとしたら、君の心は死んでた。そうしたら、永遠に正解は見つけられなくなってしまう」

「心が死ぬ……」

「大きな後悔を背負った君は一生そこから抜けだせないんだ」

たしかにあのまま母の状況に気づけなかったとしたら、残りの人生を深い後悔とともに過ごすことになっただろう。

「ずっとお母さんのことが好きじゃなかった」

すっと口をついて出た言葉を止めると、篤生は先を促すように目を細めた。

「世間体ばかりを気にして、私の気持ちなんて考えてくれないって。でも、今回のことがあって気がついたの。自分の気持ちを声に出してないのに伝わるはずがないって」

「うん」

短い返しに、私は口から白い息が生まれて消えるのを眺めた。

そうだ、と私は篤生を見た。

「パラダイムシフトって知ってる？」

「視点を変える、ってことだね」

説明するつもりが、すでに篤生が知っていたことに驚いてしまった。

「それを教えてくれた人がいてね。その人のこと、ずっと好きなんだけど言いだせなかったの」

なんで篤生にこんな話をしているのか不思議だった。いろいろなことがありすぎて、誰かに聞いてほしかったんだと自分に言い訳をして、私は思いを言葉にする。

「彼から告白されたのに、私……自分に余裕がなさすぎて、断っちゃったんだ」

彼を思えば胸が熱くなり、そしてもっと痛くなる。会いたい気持ちが募るほどに自分の対応を思いだし苦しくなるばかり。

「なんで断ったの？　好きなんでしょう？」

本当に分からないというふうに尋ねる篤生に、大きなため息が濃い白い息になる。

「お母さんがあんなことになって……それどころじゃなかったから」

「今は？」

「今も同じ。お母さんが落ち着いてからじゃないと、他のことなんて考えられないよ」

肩にかけたバッグを持ち直した。なにはともあれ、今年の死は回避できたことだし良しとするしかない。

けれど、篤生はなぜか私をまっすぐに見つめてくる。さっきと空気が違い、どこか怒っているように見える。

「菜摘はまた逃げている」

責めるような言いかたに、

「逃げてない」

と反論するけれど、篤生は首を横に振る。まるで責められているよう。

「君は江島と向きあうことから逃げた。今、過ちに気づいたのにどうして同じことを繰り返すんだい？」

「同じこと？　どこが同じことなのよ」

ムッとして言い返すが、篤生は「あーあ」と空を仰いで嘆いている。

「せっかくパラダイムシフトを学んだというのに困ったもんだ。菜摘はお母さんのことで頭がいっぱいだと言いたいんだろうけれど、それは違う」

「どう違うのよ」

「僕が去年話した正義の話、覚えてる？」

「あ、うん」

山下の奥さんをかばった言いかたをしていたのは、今でも胸に残っている。

「今回も同じ。本当に大変なのはお母さんでしょ。病気になっていちばん悲しんでいるのはお母さんなんだよ。そしてその気持ちは、お母さん本人にしか分からない」

それから篤生は玄関のドアにもたれて目線だけを私に送る。

「君の心が死んでは意味がないんだ。お母さんだって、自分を気にして娘が幸せになれないと知ったら悲しむんじゃないかな？」

「だけど、こんなときに江島さんとつき合うことなんてできない」

私はそんなに器用ではないし、きっと江島の前でも不安や悩みを表に出してしまう。好きな人に嫌われてしまったら、それこそ私の心は死んでしまうだろう。好きなのに素直になれない弱さに、視界が潤んだ。

いつだって江島のことを考えている。彼も思ってくれている。なのに自分の思いを押しとどめるのはどうして？　いろんな感情がお腹のなかでぐるぐる回っている。

「その気持ちは優しさなんかじゃない。自己満足って言うんだよ。それで自分を納得させられたならいいよ。でも、きっと違う。もしも彼が去っていったとしたら、その選択を正解にできるの？」

「……分からないよ。篤生の言ってること、分からない」

涙が頰を伝っていく。

私はどうすればいいの？

「長い年月をかけて後悔が雪のように積もって、やがてそれは悲しみになって心は壊れていくんだ。だからこそ、選択するときにはしっかり逃げずに考えなきゃ。もっと強くなるために、逃げるのはもう終わりにしようよ」

まるで子どもを諭すような口調の篤生に、気づけば首を横に振っていた。

「でも、自分が逃げているかどうかも分からないの」

涙まみれのひどい顔で口にすると、篤生は「そうだねぇ」と玄関から離れ歩道へ進んだ。

「菜摘の長年の夢と照らしあわせたらどうかな？　自分の子どもに日記を読み聞かせられるかどうかで、逃げているかどうか分かるんじゃない？　悲しい出来事があった日の日記でも、君自身が選択して行動した結果なら受け止められるはずだし、きっといつか子どもに読んであげられると思うな」

その言葉にハッとした。

そうだ、私はいつか自分の子どもに日記を……。

前ほどつらい日々ではないけれど楽しい毎日ばかりでもない。大事なのは、その出来事と自分がどう向きあったか……。

年下の篤生に会うたびに、これまで気づかなかったことを教えてもらっている。

ずっと絡まっていた糸を言葉だけで解いてくれるみたい。

「分かった。やってみる」

そう言う私に、篤生は少年のように歯を見せて笑った。


母の退院の日。

大きなバッグに荷物を詰めていた母が私に気づくと同時に、口を「あ」の形にしたまま固まった。それもそのはず、私の隣にはスーツに身を包んだ江島が立っていたから。

「お母さん、急にごめんね。江島さんにもついて来てもらったの」

「あ、ああ。こないだお会いしましたよね。先日は病院にも付き添ってくださったそうで、ありがとうございました。今日もわざわざ来ていただいて……。ごめんなさい、なんだか驚いちゃって。まだ化粧してないのよ」

後半は私に向かって言うと、母はアセアセと丸椅子を勧めてから、目だけで『なんで？』と聞いてくる。

ベッドに腰かけた母と、丸椅子に座った私たち。

これから、私は母と向きあう。その決心をするのに時間はかからなかった。

「お母さん、聞いてほしい話があるの」

「話？」

背筋を伸ばして深呼吸をした。

「私、お母さんが好き。だけど嫌い。複雑な感情のせいで、最近は変なことばかり言っちゃってた。ごめんなさい」

「……なんの話？」

眉をひそめた母は本当に分かっていなそうな様子だった。

「最近プライベートの話とかで反論しちゃってたでしょ……」

さすがに江島の前で結婚のこととは言えない。が、母は思い当たった様子で、「ああ」とうなずいた。

「私もね、入院中にゆっくり考えたの。ひとりで突っ走ってたみたいで、菜摘に意見を押しつけてたのかなって。だから、ごめんなさい」

「え……」

私は驚いて固まってしまう。今まで母が私に謝ったことなんて、一度もなかった。

「……私、これからは思ったこと、きちんと話すから」

はっきりと母にそう言った瞬間、私のなかでなにかが変わった気がした。きっとこれから先、自分は変わっていける、そんな風に思えた。

うなずいた母の視線が江島に向く。きっとこの間の話を気にしているのだ。あのときは『まだ恋人じゃない』なんて言ってしまったから。

「改めて紹介するね。おつき合いしている、江島さん……江島浩《ひろし》さんです」

「よろしくお願いいたします。母の多津子《たつこ》です。で、この子とちゃんと恋人になったんですね」

大きく目を見開いて興味津々に尋ねる母に、江島が「はい」と答えた。

「うれしいお返事をいただけました」

——それは、昨日のこと。

いつも通りの早朝、私たち以外誰もいないオフィスで『江島さんのことが好きです』と告白したのだ。

今までの私では考えられない、自分からの告白。これまでの人生で最大限の勇気とパワーが必要だった。

でも、江島は私の告白を聞くと大きな手で抱きしめてくれた……。

「なにかこの子に関して困ったことがあったら、どんなクレームでもくださいね」

「かしこまりました」

すっかり意気投合したらしいふたりに少しホッとする。が、本人を目の前にしてそんな会話をしなくても……。

それでも穏やかに笑う母を久しぶりに見られ、胸につかえていたものが取れた気がした。

「これからデートなんでしょう？」

母が聞いてきたので素直にうなずいた。

「お母さんを家まで送ってからね」

「あら、お父さんが迎えにくるから大丈夫よ。うちだってまだまだ仲良しなんだからね」

ふふん、と自慢げな笑みを浮かべた母。

江島は立ちあがると、頭を下げた。

「それじゃあお言葉に甘えて、お嬢さんをお借りします。夕方にはお送りしますので」

「あらあら。うちではとっくに門限はありませんから」

笑い声を上げたお母さんは、リハビリの成果もあり、ほとんど見た目には麻痺が分からない程度まで回復していた。

元気になってよかった、と心から思える私がいる。

病室を出ようとしたとき、

「江島さん」

と母が声をかけた。

「娘をよろしくお願いします。本当にいい子なんです」

「ええ。よく存じています」

江島の横顔を見れば、彼の左手がそっと私の右手を握った。

幕間

冬は、美しいと思っていた。
空気は澄み、クリスマスに向けて町はにぎやかに彩られる。
心躍る季節のはずなのに、あなたは大きな悲しみをまたひとつ背負ってしまう。

いよいよ、来年の冬、最大の悲劇があなたを襲う。
それはあなたの心が本当に死んでしまう日。

ああ、その日は雪が降っていたんだね。
この数年でたくさんの死を見たあなたは、暗闇に包まれた世界でその美しい雪を見ていたのかな?

今年も同じように雪が降っているよ。
あなたの書く文字は、細く消えてしまいそうなほどに薄くなっている。

指先でその文字を触りながら、僕は思う。
もしも神様がいるのなら、願いを叶えてほしい。
世界の美しさをあなたに教えてあげたい。
心からの笑顔をもう一度取り戻したい。

——神様はこの世にきっといると、僕は信じているんだ。

二十八歳／それでも朝は来る

4月6日（木）

今年の桜はタイミングが悪い。

この間の日曜日は雨のせいでお花見ができなかった。

まだ八分咲きだったので安心していたところ、この数日の暖かさで一気に満開に。

急きょ決まった夜桜デートのはずだったのに、またしても雨のせいで中止になった今日。

代わりに江島さんがおすすめの和食屋さんに連れていってくれたんだけど、行ってみてびっくり。

なんと有名なチェーン店だった。

江島さんは全然知らなかったらしく、私は大笑いしてしまった。

予定通りにはいかなかったけれど、それはそれで楽しい夜になったからよしとしよう。

7月15日（土）

季節外れの台風が空をにぎわせている。

三連休を利用しての旅行初日だった今日。

行き先は山口県の周南《しゅうなん》市。

数年前から周南市は『しゅうニャン市』としてアピールをしている。といってもネコが多いわけではなく、『人がネコのように快適に暮らせるまち』という意味らしい。

『しゅうニャン市』の語呂が愛らしくて気に入っていることを知った江島さんが、この旅行を提案してくれたのだ。

それなのに、暴風のせいで飛行機が飛ばない事態に。

幸い新幹線が動いていたので、時間はかかったけれどなんとかホテルまで辿りついた。

最初はどうなることかと思ったけれど、江島さんとつき合ってからはハプニングに慣れているみたい。

疲れて寝ている江島さんは口をぽかんと開けてて子どもみたいでかわいい。

私もそろそろ寝よう。

10月1日（日）

私たちが好きなアーティスト、ダリコム。

長年活動しているバンドで、いつかライブに行ってみたいと思っていた。

江島さんも同じだったようで私たちは先行予約に挑んだ。

それが一か月前。

が、どちらも落選してしまい、今度は二次抽選に挑戦。

結果、それも落選。

迎えた一般発売は、ふたりでスマホを片手にがんばったけれど二分で売り切れてしまった。

ふたりで顔を見合わせて大笑い。

そして今日が、隣町のホールでのライブ当日。

昼から江島さんとライブグッズを買いにいった。

まだ悔しそうな江島さんと一緒に遅いランチをしてから、町をぶらぶらと歩いた。

隣に江島さんがいる、それだけで私は幸せだ。

10月10日（火）
信じられないことが起きた。

二十八歳の誕生日の今日。

江島さんがお祝いに連れていってくれた駅ビルにあるレストランで、プロポーズをしてくれた！

「結婚してください」という江島さんらしい飾らない言葉を聞いたとき、思わず私は泣いてしまった。

オロオロする江島さんに私は何度もうなずいた。

家に帰ってもまだフワフワしていて落ち着かない。

大きなイベントはことごとくうまくいかなくても、毎日が楽しくて幸せで、なによりも安心して過ごせるようになっていた。

こんな人生が待っていたなんて数年前の私なら思いもしなかっただろう。


秋になると、あわただしい毎日が待っていた。

プロポーズされたことを両親に告げると、母は大喜びではしゃぎ、父は心なしか落ち込んでいた。

あれよあれよという間に、両家の顔合わせの日取りも決まり、結婚が現実的になっている。この間の休みには一日かけていろんな式場を江島と見学に行ってきた。

けれど、そんな毎日にもやがて小さな違和感が生まれた。

それは、十一月に入ってすぐのこと。

父が夕食のときになにげなく言ったひと言がきっかけだった。

「検査入院になっちゃったよ」

と、困った顔をしていた父をよく覚えている。

「検査入院って、健康診断の結果が悪かったの？」

ロールキャベツを箸で割りながら尋ねる私。入院するとなれば大変だ。けれど父は、

「らしいなあ」とどこか他人事っぽい言いかたで首をひねっている。

「いつからなの？」

「さあ。いつだっけ」

あっけらかんとビールを飲み干した父から視線を移すと、母が怒りに満ちた顔で近づいてくる。

「忘れたじゃ困るでしょう。なにか用紙もらってないの？」

退院しておよそ一年が経ち、もうすっかり元気になった母は相変わらず我が家で一番強い。

「ええと……どうだろう。忘れた」

一応考えるそぶりはしたもののすぐにあきらめてしまった父に、

「ほら、カバンどこに置いたの？　ああ、もうこんなところに置いてっ」

廊下に置きっぱなしのカバンを手に母が文句を言う。

そう、我が家のいつもの光景だった。

そうして二十日に精密検査のため入院した父は、翌日元気に戻ってきた。

「肝臓が悪いらしい。まあ、薬も出てないから大丈夫だろ」

のん気に冷蔵庫をあさり、テーブルにビールと塩辛をセットしてご満悦の様子。

「大丈夫じゃありません。当面お酒は禁止します」

晩酌セットもろとも母に取りあげられるのを見て、私はケタケタと笑った。

「菜摘からも言ってくれよ。最愛の娘が結婚するんだし、せめてお酒くらいは勘弁してやってくれってさ」

「結婚式は来年の春くらいの予定だからまだ先のことでしょ。お母さんの言うことを聞いたほうがいいよ」

「なんだよ、菜摘まで母さんの味方かよ」

ふてくされた父に、私はまた笑い声を上げた。

――悪夢の始まりを知らせる電話が鳴ったのは、翌週の月曜日のことだった。

その日は朝から雨が降っていた。

十一月下旬になり、あと少しで今年も篤生がやってくるだろう、とぼんやり思っていた矢先。

篤生の言っていた十二月十五日の期限まで、あと二年。今年はどんなことが起きるのだろう。

たくさんの出来事を回避するうちに、あんなに『死んでもいい』と思っていた暗い気持ちが嘘みたいに消え、こんな私でも生きていけるという希望に変わっていた。

まだ自分に自信がないことも多いし、仕事でも悩みは絶えない。

それでも、自分が少しずつ変わったことで周りの人たちの支えを感じられるようになっていた。

篤生のアドバイスで私自身が成長したからだろうか。それとも、死を回避するのに必死だったから？

なんにせよ、まだ十二月まではあと数日ある。

彼に会えば、また死を身近に感じることは分かっている。それでも、篤生に会えることが楽しみになっている私もいた。

「おはよう」

江島が出社してきたので思わず笑顔になる。私たちがつき合っていることは、沙織以外には言っていない。ちなみに、育休中の沙織に電話で伝えたとき、その第一声は『よっしゃ』だった。それ以来、結婚式場選びのアドバイスをもらっている。

「おはようございます」

挨拶を返しながらも『この人と結婚するんだ』と、また幸せを噛みしめる。

この一年間、知れば知るほど江島を好きになっていった。最近の日記を読み返す機会も増え、そのたびにニヤニヤしている私。

「そろそろ、西村さんみたいに結婚発表をしようか」

机に荷物を置いた江島がそばに来てささやいた。

沙織は二度の婚約発表のあと、育休に入り、来年の二月になれば職場復帰の予定だ。職場では旧姓のまま働いている。

思えば、最初の婚約発表から三年も時間が経っているんだ……。

こうして自分も結婚する立場になれば、いかに沙織が幸せだったかもよく分かる。けれど……。

「本当に結婚発表をするの？　そんなの私、できないよ」

みんなの前で発表するなんて、ただでさえ目立ちたくない私には絶対無理なこと。

「だよね。僕もひとりじゃできそうもない」

同意してくれた江島にホッとした。けれど、彼は続ける。

「ふたりで一緒にやろうよ」

「そんなの無理だよ。あ、無理ですよ」

最近はすぐにタメ口になってしまう。

「こそこそ隠れてつき合うのは良くないよ。堂々と結婚宣言しよう」

「江島さんは男子だからそんなこと言えるんですよ。女子のなかにはこういう話、すんなり受け止められない人もいるんですよ」

「西村さんはしたでしょう？」

「あの子は別。自分に自信があるんです。私には無理ですから」

「そう言うと思った」

笑ってうなずいた江島が急に真剣な顔になったと思ったら、「でもね」と続けた。

「やはり大人としてきちんと社長には報告をしよう。前もって言わなくても、たとえば婚姻届を出したタイミングでも良いから伝えたほうが良いと思う。もちろん、結婚発表なんてはじめからするつもりないから安心して」

クスクス笑う江島に、思わず頬を膨らませた。

「からかうなんてひどい」

「ごめんごめん。また夜にでも話そうか」

軽く肩に手を置いて江島が席へ戻っていく。

いつも江島が自分より余裕があることがなんだか少し悔しくて、それ以上に幸せだった。

給湯室で必要以上に何度も雑巾を絞って速まる鼓動を落ち着かせていると、

「おはよう」

美香が出社してきた。

「おはようございます」

「ほんと、急に寒くなったわよねえ。今朝もなかなか布団から出られなかったわ」

カバンをデスクに置いた美香が、

「さあ今日もがんばるわよ」

と、やる気モード全開でパソコンを起動させた。

彼女のことが苦手だったのは、はるか昔のこと。今では少し厳しい先輩として私もいろいろ学ばせてもらっている。

もうすぐ四十歳になる美香はまだ独身で、『結婚には興味はないわ』と昔から口ぐせのように言っている。そのブレなさ加減は私も見習いたいところでもある。

掃除も終わり、自分のデスクに座るころにはスタッフも大勢出社してきて朝の挨拶がいろんなところで交わされている。

ふと、バッグのなかのスマホが震えていることに気づいた。

画面に表示されているのは『お母さん』の文字だった。時計を見ればまだ始業まで十分ある。スマホを手に廊下へ出て通話ボタンを押すと、

「菜摘、菜摘っ」

ひどく混乱した母の声がいきなり耳に届いた。

「もしもし、どうしたの？」

「あのね、今病院から電話があってね。お父さんが仕事行く時間を待ってたみたいで、突然でね」

「病院？　え、お父さんが？　お母さん、ちょっと落ち着いて。病院ってこの間お父さんが検査入院したところ？」

取り乱す母の声に逆に冷静になり、尋ねた。

「そうなの。先生から話があるらしくて」

「お父さんは仕事に行ってるのね？」

「そう、そうなのよ。今から病院に来てほしいって。お父さんには内緒だって……」

「え……それって」

胸がドキンと打った。でも、まだ今は十一月。篤生から今年の死の予告をされるにはまだ早いはず。

「お願い、一緒に来て。お母さんひとりじゃ怖くて無理なの」

「……分かった。なんとかする。病院には何時に行くの？」

「十時の約束になってるけど、ああ、どうすればいいの」

歩き回っているのか、母の声の背後でテレビの音が近くなったり遠くなったりしている。

「十時ね。その時間までに行くから病院で待ってて」

「よかった、お母さんひとりじゃ不安で不安で――」

まだ話し足りない感じの母に、

「とにかく私も病院に行くから。お母さん、くれぐれも事故には注意して出かけてね」

そう伝えて電話を切り、江島のもとへ急いだ。事情を説明するとすぐに理解してくれた。

「有給を使えばいいから、とにかく行ってあげて。あとで電話するから」

後半は小声でつけ加える。

「はい」

朝礼がはじまろうとしているなか、オフィスを出てエレベーターの前へ。なかなかエレベーターが到着せず焦りだけが増していく。

会社を出ると、傘を差し急ぎ足で駅へ向かう。

雨はどんどん強くなっていて、傘の柄を握る手が冷たかった。


総合病院は座るところもないくらい込み合っていた。受付で名前を言うと、すぐ左手にある『医療連携室』へ行くように言われる。

ここもたくさんの人で待合席は埋まっていて、看護師さんたちが忙しく動き回っていた。

まだ母は到着していないようだ。

『受付』と書かれた場所へ行き、「すみません」と、何度か声をかけてもカウンターのなかには誰もいない。

仕方なく廊下を進むと、いくつかの部屋があった。扉はすべて閉まっていてなかから声は漏れてこない。

困ったな……。

足音に振り向くと、足早に歩いてくる看護師がいた。ホッとして、「すみません」と尋ねる。

「今日十時にここに来るように言われた井久田と申しますが……」

「受付を済ませてください」

切りあげ口調の看護師がそのまま行こうとするので、

「受付にはどなたもいらっしゃらないのですが」

呼び止める私に彼女はあからさまに迷惑そうな顔をした。

「え？　事務員さんどこ行ったの？」

忙しいのだろう、尖った口調の看護師はため息を隠そうともしない。同い年くらいだろうか、乱暴に手元のカルテを開いた。なんだか申し訳ない気持ちが強くなる。

「あの……まだ時間があるので、じゃあ、受付の方が戻るのを待ち——」

「ここで受付しちゃいますから」

私の言葉を遮った看護師が、バサバサと乱暴にカルテをめくった。

「えっと、井久田さん。井久田春彦《はるひこ》さんのご家族の方ですか？」

「はい、そうです」

父の名を言った彼女にうなずく。

「抗がん剤についての説明は終わってますか？」

彼女は目元をカルテに落としたまま事務的に尋ねた。

「え……？」

一瞬、頭が真っ白になった。

……今、なんて言ったの？

雷に打たれたようなショックが体を突き抜け、気づけば胸元を押さえていた。

「ああ、奥様が来られるんですよね？」

早口で話す彼女の言葉が聞き取れない。それよりも、立っているのがやっとという状態で、今にもくずれそうな体を支えるのに必死だった。息を整え顔を上げると、返事を促してくる怖い顔が目の前にあった。

「……あの、父はガンなので、すか？」

しびれた頭で途切れ途切れにそう聞き返すのがやっとだった。

「え？」

「私も母も、今日初めて先生にお会いするのですけれど……。父はガン、ということでしょうか？」

そこで彼女は、私がなにも知らないことにようやく気づいたらしく、狼狽した表情を浮かべた。

「すみません……。あの、勘違いでした」

「でも、今……」

「とにかく待合室でお待ちください。時間になればお呼びしますので」

足音を響かせ行ってしまう背中を茫然と見送るしかできなかった。

気づけば私は三人がけの椅子に腰を下ろしていた。

呼び出しのアナウンスや、周りの話し声もどこか遠くで聞こえている。もう寒くはないのに指先はさっきよりも震え、歯を食いしばらないとガチガチと鳴ってしまう。

「どうしよう……」

看護師が言った言葉、あれは間違いなのだろうか？　他の家族と間違えていたのかもしれない。

……でも、間違いなく父の名前を言っていた。

ううん、でも、抗がん剤は他の病気の治療にも使用することがあるのかもしれない。

「菜摘」

声をかけられビクッと体が震えた。見れば、母が小走りでやってくる。

──悟られてはいけない。

まだガンだと確定したわけじゃないんだし、と自分に言い聞かせる。

「お母さん」

笑みを浮かべようとしてもできなかったけれど、声は普通に出せていたと思う。

空いた隣の椅子に座る母はひどく動揺していた。

「ねえ、いったいなにを言われるの？　お父さん、この間の診断は肝臓が悪いって……でも、薬も出てないって言ってたわよね」

すでにいろいろな悪い想像をしてきたのだろう。オロオロとあたりに顔を巡らせる母の手を握った。

大丈夫、もう私の手は震えていない。

「落ち着いて。とにかく先生の話を聞かないと分からないでしょ」

まるで自分に言い聞かせているように思えた。

間もなく名前を呼ぶアナウンスが聞こえ、小部屋のひとつに案内された。

小さなテーブルがひとつ、椅子が四つだけ置かれている部屋。壁にはモニターがついていて、画面は青色に薄く光っている。

ノックもなくドアが開き、中年の医師が急ぎ足で席に着いた。遅れてやってきたのは、先ほど対応してくれた看護師だった。

彼女は私から目を逸らしたまま医師の横に座った。

「井久田さんのご家族ですか？」

疲れた顔の医師はメガネを人さし指で上げてから母を見た。

「はい」

「こちらはお嬢さん？　ええと、井久田菜摘さんで間違いないですか？」

目線を私に移すのでうなずいた。

医師がモニターのそばにあるキーボードを操ると、エックス線写真のようなものが現れる。横にはなにやら数値がいくつも書かれているけれど素人の私にはなにを表しているのかは分からない。

「井久田春彦さんですがね、膵臓ガンが発見されました」

前置きもなく告知された病名。

隣で母が、「え……嘘」と短くつぶやくのが聞こえた。

私はさっき予告されたようなものだけれど、母にとっては不安が的中した形になる。

医師はそのまま画面にうつる写真の一部を指先でさした。

「精密検査の結果、ステージⅣの膵臓ガンだと判りました。ステージⅣ……つまり末期ガンです。細胞検査の結果、リンパや肝臓への転移が確認されました」

それから医師は、血液検査の数値や細胞の検体結果などを次々と事務的に説明していく。途中で母が嗚咽を漏らし泣きだしても、説明が止まることはなかった。私は思わずその背に手をやる。

看護師はじっと手元のカルテを見たまま動かない。

一通り説明が終わると、

「質問はありますか？」

言葉だけは丁寧に尋ねてきたけれど、頭のなかがぐるぐると回っていて考えがまとまらない。

母の泣く声だけが部屋を満たしていた。

「質問は？」

繰り返す医師に、『しっかりしなくちゃ』と自分に言い聞かせ顔を上げる。

「父は、このことを知らないということですか？」

「ですね」

短く答えた医師が隣の看護師を見やると、彼女が一枚の紙を私に見せた。

「健康診断を受ける際に提出していただく『確認書』です。ここに、そう書いてあります」

医師の前だからか、さっきとは違う優しさを装った声。

しびれた頭で看護師が指さす場所を見ると、〈健康診断で深刻な異常が見つかった場合〉という項目があった。そこには〈家族にのみ告知〉の選択肢に○印がつけられていた。

「ですので、今日お呼びしたわけです」

医師はそう言い、続いての質問を促すように私を見た。

「……どのくらい深刻なのでしょうか？」

「現在の医療において手術は不可能です。抗がん剤治療もここまで進行すると意味はないでしょう。あとは痛みなく残りの時間を過ごしてもらうことしか――」

「そんな！」

急に母が声を上げた。

「どうして、どうして!?　早く見つけるために健康診断を受けているんじゃないんですかっ」

「気持ちは分かりますが、春彦さんは五十代です。若いほど進行は早いと言われています。気持ちを切り替え、残りの人生を苦しまないようにサポートするしか方法はありません」

母の泣きじゃくる声が響くなか、医師は私に向かって続ける。

「余命は二か月弱でしょう」

それは、まるで死刑判決のように聞こえた。

そうして気づけば十二月になっていた。

告知を受けた数日後、あれほど元気だった父が初めて腹部の痛みを訴えた。

『なんだか痛いんだよなぁ』なんて、軽い口調でお腹のあたりをさすっていた。食欲もないようで、『秋バテかもな』なんて言っている。

膵臓ガンは痛みを伴わないことが多いと、インターネットに載っていた。あれから私は時間さえあればネットで検索をし、知識を得ていた。

見た目にはいつもの日常と変わらない日々。

病状を知らされていない父は仕事に行っているし、医師からも痛みを訴えるまではいつも通りの日常生活を送るように、と言われている。

母も必死で平静を装っているけれど、ときおりつい不安そうな顔をしてしまっているのでバレてしまわないかハラハラしてしまう。

私と母の間で決められた合図がある。それは、咳払いをすること。不安が表情や態度に出てしまっているとき相手に知らせるのだ。

実際には、私が咳払いをすることばかりだけれど。

あのあと、なんとか名医を見つけようといろいろな病院へ母と一緒に出かけた。たくさんの病院で話を聞いたけれど、そのたびに絶望を感じて帰宅することの繰り返し。

江島にはすべて打ち明けた。

とても心配し、『結婚式を早めよう』と言ってくれたけれど、どうしてもうなずけなかった。

そして十二月五日。父は仕事中に倒れ、入院を余儀なくされた。

病院の玄関を出るころには、夜になっていた。

父には胃潰瘍と医師から説明があったらしく、私たちが駆けつけたころには痛み止めのおかげで平然としていた。

『入院しなくてもいい』と言い張る父を説得し、渋々うなずかせるまでに時間がかかってしまった。

入院の荷物を取りに帰っていた母が病院に戻ってきたので私は帰ることにする。

ざわざわとうごめく心と歩く帰り道。悪い夢を見ているようで、父のことばかり考えてしまっている。

あと少しで家が見えてくるころ、四つ角に誰かが立っているのが見えた。

白い塀をバックにして立つのは、篤生だった。

こんなときに死の予告をされると思うと、会えたうれしさよりも不安が先に立ってしまう。その顔を確認すると同時に私は駆け寄っていた。

「菜摘」

つらそうに私の名を呼ぶ篤生に、一気に悲しみがあふれる。

彼のコートを両手でつかんでなにか言おうとしたのに、言葉は出ず、ただ涙がこぼれた。

そうして気づいた、ずっと泣くのを我慢していたと。ずっと張りつめていた糸がぷつんと切れたような気がした。

そんな私に篤生は黙ってじっと立っているだけだった。

「どうして……。どうして、手遅れになる前に言ってくれなかったの？」

「ごめん」

謝るだけの篤生に、「そっか……」と言ってから、ふと気づいた。

「まだ手遅れじゃないんだよね。死を回避できる方法があるんだよね？」

篤生は死を回避させるために私のもとに現れるはず。

なんで気がつかなかったんだろう。父の死を私は回避できるんだ。今までだってそうやって、沙織や晴海や母の死を回避してきたではないか。

希望を胸に篤生を見ると、彼は顔を背けてしまった。

「ごめん」

同じ言葉を繰り返す篤生に、不安がまた顔を出す。

「え……。どういうこと？　だって、今までは……」

「菜摘のお父さんは死ぬ。それは変えられない。運命なんだ」

「そんな！　だって今までは避けることができたのに！」

ゆっくり私の体を引き離すと、篤生はよろめくように塀にもたれた。息が荒く、まだ篤生の体調が悪そうなことにようやく気づく。

けれど、今は父が助かるヒントがどうしても欲しかった。

「篤生……お願い。ちゃんと説明して。お願いだから」

涙で視界がぼやけるなか深く頭を下げた。

「毎年、死を回避できてきたじゃない。今回も方法はあるんでしょう？」

息を整えるようにしばらく黙ってから篤生は言う。

「お父さんのことは残念だよ。だけど、これは変えられない」

「じゃあ、どうして……どうして今現れたの!?　お父さんを助けられないなら、なんで今？」

篤生は迷ったように目線を左右に泳がせてから、決意したように口を開いた。

「この冬、君は死ぬ」

「え……」

「これまでのことを思いだして。逃げずにちゃんと立ち向かうんだ。そうすれば、必ず回避できるから」

真剣なまなざしを受け、思わずあとずさりをしていた。

「なにを……言ってるの？」

「今年、菜摘は成長しなくてはならない。そのためにも起きている現実を受け止めるんだ」

「やめてよ……」

「心が死ぬという意味を考えてみて。それは誰かが菜摘の心を殺すという意味じゃない。君が自分の心を殺すってことなんだよ」

「もうやめて！」

大声で叫んだ私は、そのまま走りだしていた。

涙がどんどんあふれてくる。こんなの、ないよ。こんな現実あんまりだよ。

どうすればいいの？　どうすれば、お父さんは助かるの？

あきらめちゃダメだと必死で自分に言い聞かせる。

できることをしよう、お父さんが生きていられるように。

これまでだってできたんだから、今回だって大丈夫。わずかな希望だとしても、それを捨てることなんて、私にはできなかった。

さっきから病室では、両親が口論をしている。

父が入院して初めての日曜日の夕暮れ。窓の向こうに見えるオレンジの夕陽は弱まり、どんどん景色は黒色に沈んでいく。

「良い病院なのよ。だから、転院しましょうよ」

病院のパンフレットを何度も開いて説明している母は、口元は笑っていても目は真剣そのもの。

「いいよ。この病院もけっこう快適だし」

「それは分かっています。でも少しでも有名なお医者さんのいる病院のほうが治りが早いでしょう?」

「そんなに長く入院するつもりはないし」

ふたりが口論するときはいつもこんな感じだった。母の攻撃をのらりくらりと父がかわすだけ。けれど、今回は父に折れてもらわなくては。

「ああ、もう。どうして分かってくれないのよ」

口調が荒くなったお母さんに咳払いで合図を送ると、ハッとしたあと、笑顔を無理やり作っている。

母が見つけた隣町にある総合病院へは、すでに私も一緒に話を聞きにいっていた。実際にステージⅣのガン患者の生存率では全国トップクラスを誇っていると評判らしい。

もちろんその話を聞いて母は転院を強く望み、私もそれには大賛成。

あとは父さえ説得できれば……と思い、作戦を練って挑んだ交渉も、このままではうまくいきそうもない。

「ねえお父さん」

私が呼びかけると、父は口をへの字にして私を見た。

「お母さんの言う通りにしてみたら？　そのほうが治りが早いかもよ」

意識して軽い口調で言うけれど、父は首を縦に振らない。

「ただの胃潰瘍だろ。もう元気だし」

「痛み止めが効かないって、毎晩何度もナースコール押してるの知ってるんだからね」

「なんだよ、菜摘まで冷たいなぁ」

あはは、と笑ってみせる父は本当にあと少しでこの世を去ってしまうの？

ダメダメ。

自分に言い聞かせて、まだまだ説得中の母に、私ももう一回加勢しようと丸椅子から立ちあがった。すると、父は布団を頭までかぶってしまった。

「もうこの話はおしまい。母さん、悪いけど家にある年賀状持ってきてくれないかな」

「なんでこんな時に年賀状なのよ」

母が呆れたように言うと、父はひょっこり布団から顔を出した。

「早く書かないと元旦に届かなくなっちゃうだろ？　いいから持ってきてくれよ」

「今から？」

「そう、今から」

困った顔の母が私に目線を送ってきたので、今はそれに従おうとうなずくと、渋々病室を出ていった。

ため息とともに丸椅子に腰かける私に、母のいなくなった気配を感じた父は布団を剝いで起きあがった。

「ああ、もううるさいったらないよな」

いたずらっ子のように笑う父につられて笑みがこぼれた。

「お母さんは心配してくれてるんだよ」

「知ってるけどさ、大げさなんだよ」

肩をすくめた父は、少し顔をしかめた。顔色は、日々悪くなっている。

「痛いの？」

「なんてことない。それより結婚式の日程は決まったのか？」

思わぬ話題に、言葉に詰まった私はごまかすように首をかしげた。父の病気が分かってから、江島は『早めに挙式をしよう』と言ってくれている。

父に花嫁衣裳の私を見せてあげたい気持ちはたしかにある。けれど、素直にうなずけないのはどうしてだろう。

「もしも……ね、年明けくらいに結婚式するとしたら……お父さん、どう思う？」

そう尋ねる私にお父さんは目を丸くした。

「年明け？　春くらいって言ってなかったか？」

「その予定だったんだけどね」

曖昧にごまかす私をしばらく無言で見つめていた父が、「なあ」と口を開いた。いつものとぼけた言いかたではなく、ひどく静かな声だった。

「俺を結婚のきっかけにするな」

「そういうわけじゃ――」

「父さんは菜摘が今、幸せならそれでいいよ。そりゃあ、菜摘の花嫁姿を見たいとは思うけど、無理に早めたりしなくていい」

「え……」

顔を上げると、静かな悲しみを浮かべた瞳がそこにあった。反応できずに固まる私に、父はふっと笑みをこぼした。

「でも、やっぱり死ぬのは怖いなぁ」

「お父さん？」

「父さんは怖がりだから、告知しないでもらおうと思ってたけれど、母さんが演技が下手なことを忘れていたよ」

「違う……」

昔から嘘をつくときは小声になってしまう。父はまるでそれを許すかのようににっこりと笑った。

「昨日、先生に頼んで告知してもらったんだ。だから、もう隠さないでいい」

「そんな……」

「菜摘にも心配かけたな。お母さんが暴走したときにする咳払いの合図は、きっと菜摘のアイデアだろ？」

ダメ、と思ってもあっという間に涙で視界が滲んだ。

「父さんが知っていること、母さんには内緒な。きっと自分を責めてしまうだろうから」

「……転院の話は？」

ごろんとベッドに横になった父は、痛むのか顔をしかめる。

「しない」

「でも」

「これ以上の治療はいい。先生からはいずれホスピスへの転院を勧められているから、そっちを検討したいと思ってるんだ。これからどんどん痛みが強くなるらしいからな。父さんはな、少しでも菜摘や母さんに安心して見守ってもらいたいだけだよ」

目を閉じた父に、なにを言えばいいのだろう？

私ははらはらとこぼれる涙を拭う。

父は全部知っていた……。

自分の死を宣告されたのに、母や私のことを気遣ってくれている。

「幸せな人生だったよ。大げさかもしれないけど、今はなんだか晴れやかな気分なんだ。菜摘にもいい相手ができたことだしな」

父はそう言うと、本当に幸せそうに笑った。


そして十二月中旬、思ったよりも早い時期に父のホスピスへの転院も終わった。父は最後までこの病院にいたがっていたが、入院の期間は決まっているらしく渋々ながら同意してくれた。

名目上は、長引く病気の治療ということになっていて、母はまだばれていないと信じている様子だった。

転院してすぐに食べ物を受け付けられなくなった父は日に日にヤセていき、この数日は眠っていることが多い。きっと起きている体力もないのだろう。

点滴が父の体に規則正しく水分を運んでいる。

面会時間もそろそろ終わりらしく、館内にアナウンスが響いている。今日は、母は一足先に帰っていた。はじめは母と交代で一日おきに来ていた見舞いも、ここ最近は毎日のように続いている。

「行こうか」

江島がそう言い、私が立ちあがる音に父がゆっくりと目を開いた。

ぼんやりと天井を眺めてから、顔をこっちに向けた。

「ああ……。来てたのか」

「お父さん。体調はどう？」

「大丈夫だよ。……ああ、江島さん」

頭を下げる江島を見やった父が少し口角を上げた。

「お邪魔しています」

「ありがとう」

声も細くなっている。毎日少しずつ父の死が近づいてきているのを実感させられていた。

「今……夢を見てたんだ」

「夢？」

尋ねる私に、父は軽くうなずいてから力ない目で天井を見た。

「菜摘が火事に巻き込まれる夢だった。父さん、必死で助けようとしたけれど……手が届かなかったんだ」

「火事……」

その単語だけであの夜が鮮明によみがえる。何年経っても消えない記憶は、きっと私のターニングポイントだったからかもしれない。

あの火事の夜に篤生と出会ったことで、少しずつ私は変わっていった。

逃げることで自分を守っていた私が、不器用にでも目の前で起きることを受け止めようとしている。

けれど、こんな悲しい現実に、今にも泣きだしそう。

「夢でよかったよ」安心したように顔をこちらに向けた父が、

「江島さん」

と、隣の彼に声をかけた。

「はい」

「もう、菜摘を守るのは俺じゃない。……娘を頼んだよ」

「はい」

力強くうなずいた江島が父のヤセた手を握った。

「菜摘さんは責任を持って僕が幸せにします。だから、早く元気になってください」

今、父は自分の人生を終える準備をしている。それをただ見ていることしかできない自分がいる。

本当にこのままでいいの？　私にはなにもできないの？

看護師に促され退室するまで、私は言葉を発することができなかった。

篤生は突然現れた。

クリスマス・イブの日曜日の朝は、悲しいほど晴れていた。ひとりでホスピスへ向かうため駅前で乗り換えのバスを待っていると、ガードレールのそばにしゃがみ込んでいる篤生が見えた。

彼は前よりも顔色が悪く、細い体を折るようにうつむいていたけれど、私を確認するとヘラッと笑った。

「どうしたの？　具合が悪いの？」

「いや、べつに。こうしてると景色が違って見えるからさ」

無理しているとすぐに分かる。けれど、それより父のことが心配で、私は曖昧にうなずく。ふう、とため息をついて私もコンクリートにしゃがんだ。

顔を上げ空を見る篤生につられるように私も空を眺めた。

夏よりも薄い色の空がビルの間から見える。こんなに良い天気なのに、気持ちはずっと晴れないままの日々が続いている。

「お父さんはどう？」

「どうって……。もう、なんにもできないんでしょう？」

先日怒鳴ってしまったことを少しだけ後悔しながらも尋ねると、篤生は空を見たままうなずいた。

「ごめんね」

「ううん。篤生のせいじゃないから」

誰のせいでもない。

けれど取り乱さずに過ごせているのは、篤生のおかげかもしれない。

篤生に死の予告をされることで、これまでは必死で回避することに努めてきた。でも今回は違う。父の死を自分がどう受け止めるか？　それが課せられた試練なのだと思えた。

「篤生。私はどういう気持ちでいればいいの？」

「普通でいいよ」

苦しそうに息を吐いた篤生が言った。

「普通ってどういうこと？」

まだ人通りも少ない朝の風景。道行く人々は、すぐそばにある死に気づかないで急ぎ足で通り過ぎていく。

「お父さんはもう死を受け入れているんでしょう？　同じことを菜摘もすればいい」

「それは分かっているけど、毎日……ううん、そのときによって感情が変わるんだよ。急に悲しくなったり、泣いちゃったり」

風が髪を躍らせ、不安定な心をもてあそんでいるかのよう。ふう、と息を吐いた篤生が、

「身近な誰かが死んでしまうことは本当に悲しい」

そうぽつりと言った。

「篤生も誰か家族を亡くしているの？」

「……うん。だから、菜摘の気持ちは分かるよ。過去にさかのぼって運命を変えることは難しい。だとしたら、受け入れるしかないんだよね」

静かな言葉には重さがあった。篤生が私を見る瞳が潤んでいるように見え、目を逸らす。

「受け入れられる日が来るのかな……。今はとても無理だけど」

自問自答する私に、篤生は「あのね」と静かに言った。

「こんな言葉があるんだ。『人間は二回死ぬ』って」

「二回？」

眉をひそめると、篤生はうなずいた。

「僕の大事な人が、昔教えてくれたんだ。一回目の死は肉体の死のこと。二回目の死は、その人のことを誰も思いださなくなったときに訪れるんだって」

「誰も思いださなく……。忘れちゃうってこと？」

「そう。だから僕は二回目の死が訪れないように、いつだってその人のことを想っている。それで痛みや後悔を忘れられるわけじゃないけれど、少しずつ受け入れられるようにはなったんだ」

同じような経験をした篤生だからこそ、私に父と向き合う時間をくれたのかもしれない。彼の行動や言葉にはすべて意味があったんだ。

「私も、そうなれるのかな……」

「君ならできるよ」

そう言うと篤生はよろりと立ちあがった。

「ねえ体調、大丈夫？」

「今は僕より自分のことを心配して」

そっけない言葉に唇を尖らせながらもうなずいた。

「明日、会社を休んで。そして、きちんと見送ってあげて」

「えっ、それって……」

急な言葉にショックを受け、ガードレールにすがるような恰好で体を起こした。

「菜摘ならできるよ」

「明日……嘘でしょう？　本当に？」

「しばらくは悲しんでもいい。だけど、来年会うときまでにはちゃんと消化するんだよ。そうすれば、君は強くなれるから」

「篤生……でも、でもっ」

私の言葉に篤生は激しく咳き込んだ。それを隠すように彼は背を向けた。

涙をこらえる私に、篤生は背中を向けたまま言う。

「強くならなくちゃ。菜摘も、そして僕も」

だるそうに去っていく後ろ姿を私は涙をこらえて見送ることしかできなかった。


翌日の午前十時二十分。

父は、私と母に見守られて息を引き取った。

最期は痛み止めが効くなか、眠るように心臓が停止した。母が泣きながら父を呼ぶ声が響き、医師より死亡宣告が行われた。

篤生に教えられていたはずなのに、覚悟はやはりできていなかったらしく、私にはその後の記憶があまりない。

気づけば通夜や葬式がはじまっていて茫然としたまま参列していた。ショックに打ちひしがれている母と私の代わりに、江島が手筈を整えてくれた。

火葬場に着くころにはみぞれ混じりの雪が降りだしていた。

広いフロアに棺が運ばれ、その向こうにはエレベーターのドアみたいなものがいくつも並んでいた。

「お別れをしてください」

係員の声に、棺の上に菊の花を置く。

ドアのひとつが開き、そこに棺が納められると母は両手を合わせて涙を流した。

そうして、父はドアの向こうに消えた。

ふと我に返ったのは、

「大丈夫？」

と、江島の声が聞こえたから。

ガラス張りの向こうの世界は、激しく降る雪のせいで真っ白になっていた。

今いるのは、火葬が終わるのを待つための大きなフロア。たくさんのソファセットが置かれていて、喪服を着た人たちが何組も座って歓談しているのが見えた。

うちは家族葬だったけど、それでよかったと思った。たくさんの人を気遣うほどの余裕なんてなかったから。

江島が私の手を握ってくれていた。またぼんやりしていたみたいで、

「うん、大丈夫」

と、うなずいてから母がいないことに気づく。

「お母さんは？」

「少し横になってもらってる」

「え？　具合が悪いの？」

「今は寝かせてあげよう。気が張っていただろうし」

立ちあがろうとする私を座らせる江島に従った。

視界の端では雪が途切れなく降り続いている。

父が亡くなってもう数日が過ぎているなんて実感がなかった。葬儀が終われば、私もまた日常に戻っていくのだろうか。

「江島さん、会社は？」

私の質問に彼は肩に手を回してきた。

「気にしないで」

「でも」

父が亡くなってから、ほとんど一緒にいてくれている気がする。今になって気づくなんて、と心配になる私に江島はほほ笑んだ。

「謝らなくちゃいけないことがあるんだ」

「謝る？」

「実は、昨日、社長に結婚することを伝えた」

「え……」

動揺する私の肩をさらに強く抱く江島。

「堂々と休みをもらって、お義父《とう》さんを見送りたかったから。断りもなくごめん」

そう言った江島にうなずいた。

私に気を遣わせないようにする優しい江島に感謝の気持ちが生まれるけれど、まだ父の死が受け入れられないのも事実。激しく降る雪のように、感情が整理できない。

「私……。お父さんをちゃんと見送れたのかな」

「もちろん。お義父さん、安心してたと思うよ」

「そう……」

そんな実感はなかった。今もまだホスピスに父がいて、会えるような気がしていた。

「昔ね、祖母に教えてもらった言葉があるんだ」

ぽつりと江島が言った。彼は優しい目で私を見ていた。

「人間は二回死ぬんだって」

「……え？」

息が止まる感覚。

すぐに篤生を思いだす。この間会ったときに教えてもらったことだ……。

「一回目はその人の肉体が死ぬとき。お義父さんにとっての今がそうだよね。そうして二回目の死は――」

「その人のことを忘れてしまうとき」

かぶせて言った私に江島は目を丸くした。

「知ってるの？」

「あ、うん……。だから忘れないようにしないといけないよね」

動揺しながら答える私に、江島は恥ずかしそうに肩をすくめた。

「有名な話なんだね。僕もお義父さんのことを忘れないように、いつも想うよ」

窓の外に目をやれば、まだ降り続く雪。いつしか悲しみも癒える日が来るのだろうか？

今はまだそんなことを考えられない私がいる。

やがて母が戻ってくると、代わりに江島が葬儀会社の人と話をしに席を立った。

やつれた顔の母は、喪服のしわを伸ばしていた。無言の時間がしばらく続き、やがて母が口を開いた。

「ありがとう」

かすれた声での言葉を反芻しながら顔を見た。

「最後までお父さんにばれないで過ごせたのは菜摘のおかげよ。本当にありがとう」

「ううん。それより、お母さん大丈夫？」

全部父が知っていたことは内緒にしておこう、と自分に言い聞かせた。

「なんとか、ね。だけど、こんなに悲しいものとは思わなかったわ。泣いても泣いても涙がつきないの」

もう涙をこぼしている母の隣の席に私は移った。さっき江島がしてくれたのと同じようにその肩を抱く。

「ほんと、悲しいね」

数年前まで嫌悪していたはずの母と、今こうして悲しいながらも心穏やかに向きあえている。

「江島さんにもずいぶんお世話になったわね。本当に、優しい良い人を見つけたわね、菜摘」

「そうだね……」

父の死を見送った今なら分かることがある。こんなときに言うようなことではないと分かっていても、どうしても伝えたかった。

「お母さん。四十九日が終わったら、江島さんと結婚しようと思う」

それが私の心からの希望だと思ったから。

お母さんは「そう」とうなずくと涙を拭いて笑った。

「あなたは幸せになれるわよ。お母さんの子どもだもの。それにあなたたちふたりを見ていたら、昔のお母さんを思いだすのよ。お母さんもずっと幸せだったのよ」

「うん」

「まあお母さんとお父さんより幸せになれるとは思わないけどね」

「なによそれ」

クスクス泣き笑いを浮かべる私たちに、戻ってきた江島が目を丸くしていた。

窓からの景色に目をやれば、雪は弱まり優しく降り注いでいる。空の向こうは明るく光っていて、雲間からいくつもの光の線が見えた。

幕間

僕の初めての記憶は、あなたに抱きしめられている冬の寒い朝。

あなたはいい香りがして、火傷の痕が薄く残る顔でうれしそうにほほ笑んでいた。

心からの笑みを見て安心したのを覚えている。

だけど、それが本当の笑顔を見た最後の記憶になった。

部屋の隅に置かれた白黒の写真のあなたは、やはりどこか悲しげな笑みを浮かべている。

何度もあなたに笑顔を戻したくて、僕はがんばった。

けれど、最後までそれは叶うことはないままだった。

今、僕はあなたの心を守るために大きな決断をする。

神様はきっと僕の願いを聞き入れてくれる。

——もうすぐ、あなたに会える初めての冬が来る。

二十九歳／あなたの名前

その年は、私の予想を裏切って十二月になっても、篤生は姿を見せないままだった。会いたい気持ちはあるけれど、会えば死の予告をされてしまう。

デスクに置いているカレンダーを見れば、もう今日は十一日。今までならもうとっくに会いにきている時期なのにどうしたんだろう？

朝から雲を広げていた空は、夕刻になると雪を降らせはじめている。

白い世界をスクリーンにしてぼんやりとこの一年を思い返す。

父の四十九日からずいぶん遅れての三月下旬、私は江島と結婚式を挙げた。

親しい人だけを呼んでのアットホームな式は、今でも思いだすたび頬がゆるんでしまう。

新婚旅行や引っ越しが終わってからもう半年以上が過ぎているのに、慣れないことばかりの毎日。

それは、料理や洗濯といった家事だけでなく、同じマンションに帰ること、『浩さん』と名前で呼ぶことなどさまざまだ。

その一つひとつに楽しんで挑戦している私が、日記帳に記されている。

終業のチャイムが鳴ったので、パソコンの電源を落とす。

タイムカードを打って帰り支度をしていると、珍しく江島がフロアに姿を見せた。今年の春に開設した支社の支店長になった江島とは、仕事中に会うのは久しぶり。支社との距離が二駅離れているので、最近では家以外で顔を合わせることは少なかった。

休みの日にはあいかわらず町をぶらぶらしたりして、それでも江島と一緒ならそれも素敵な週末だった。

まっすぐに私へと向かってくる江島を、周りが冷やかす。

なんだか高校時代にあったような光景。もちろん私はそれを見ていた側だけれど、自分のことだと、こんなにくすぐったくて心地良い気持ちになるのか。

「社長に呼ばれてさ。せっかくだから寄ってみたよ。これから飲みに連れていかれることになってね」

「そう。久々だし、のんびりしてきてね」

周りの目を気にしながら小声で言う。

「雪が降りだしてるけどひとりで帰れる？　足元滑りそうだけど」

「大丈夫。ひどくならないうちに帰るから」

バッグを肩にかける私に、ようやく安心したような顔になる江島。

「あらあら、江島さんじゃないの」

ニコニコと美香が近づいてくる。

「お久しぶりです」

「江島さん少し太ったんじゃないですか？　少しは運動しないと」

美香の声に残っていた人が笑い声を上げた。

「おっしゃる通りです」

照れくさそうに頭をかいた江島が、「じゃあ」と私に目線を送ってからそそくさとフロアを出ていった。

「余計なこと言っちゃったかしら」

「大丈夫ですよ」

美香にうなずくと、彼女が浮かない表情をしていることに気づいた。そして、ため息をつく。

こういうときは愚痴部屋へ移動。目配せをしあってから給湯室に入ると、美香は「いいわねえ」と目を細めた。

「江島主任、あっ……支店長も幸せそうだし、菜摘ちゃんもラブラブなオーラが出てるし」

「そんなことないですよ」

謙遜しながらも、本題はそのことじゃないと知っている。だってここは愚痴部屋なのだから。

美香の言葉を促すように黙っていると、「実はね」とようやく彼女は切りだした。

「退職しようと思ってるの」

「またまたぁ。悪い冗談やめてくださいよ」

「本気なの」

短い言葉に空気が変わる。

「で、でも……美香さんがいないと困ります」

「もう十分働いたし、少し趣味に生きようと思ってるのよね」

「趣味？」

「そう。こう見えても若いころはバックパッカーだったのよ。足腰が弱まる前に、もっと世界を見てみたいの。昨日今日考えたことじゃないのよ」

ここへやってきた理由がまさかそんな話だとは思わずにオロオロしだす私に、

「そんな顔しないの。私だって一応、人生設計は立てて生きてきたつもりよ。まさか仕事一筋で定年までいると思ってたのかしら？」

冗談めかして片眉を上げて美香は言う。

「そういうわけじゃありません。ですけど、美香さんがいないこの会社なんて考えられません」

心のまま声にすると美香は唇をギュッと噛んだ。それは一瞬だけのことで、すぐに口元に笑みを浮かべると、

「大丈夫。もう少しきちんと考えてから結論を出すから」

肩にポンと手を置いて美香は給湯室から出ていった。

デスクに戻るとまだ沙織がデスクに座っていた。

聞くと、今日は水野の母親が来ているとのこと。嫁姑問題の愚痴はこれまでも聞いていたからすぐに納得する。

「どうかした？　浮かない顔だけど」

尋ねる沙織に、今あった出来事を話した。

軽くあいづちを打ちながら聞く沙織は、独身時代と変わらずキレイで子どもがいるなんて信じられない。

「ちゃんと自分の生きかたを考えているなんて、美香さんらしいじゃない」

「でも……困るよ」

泣きたくなっている私に、沙織は厚い唇を上げて笑った。

「昔は苦手で仕方なかったのに？」

「あ、あれは……私がまだ子どもだったの」

「歳を重ねると見えてくるものってあるよね。あたしも最近いろいろ感じてる」

肩をすくめて実感のこもった声で沙織が言うから、ふうと息を吐いた。

「そんな暗い顔しなさんな。菜摘だってそのうち子どもができるかもしれないでしょう？　前向きな人生の選択なら応援しないと」

沙織が言っていることはよく理解できる。けれど、寂しさは理屈では解決できないわけで……。

沙織と会社の前で別れると、私は傘を差し歩きだす。大粒の雪は町をいつもと違った風景にしている。

それに溶け込むように歩きだすと、すぐ隣を歩いている男性に気づく。歩道を並んで歩いては迷惑になる、と足をゆるめると隣の人も速度を落とす。逆に速めると一緒になってついてくる。

いぶかしく思いながら傘を上げて隣を見ると、

「篤生？」

――彼だった。

「お久しぶり」

「あ、うん……」

足を止めた私たち。篤生は初めて会ったビルのほうを指さす。

「話があるんだ」

そのひと言で、『今年もついに来たか』とあきらめとうれしさが混じりあった変な感情が湧き起こる。

初めて出逢ったビルの入り口へ向かっていると、急に不安になった。

こんなところを江島が見たらなんと言うだろう。会社の人に見られたら不倫だと思われてしまうかも……。

なにかあるわけじゃないのに、罪悪感が芽生えてくる。が、それをどう篤生に言えばいいのだろう……。

ようやくビルに到着すると、すでに内部の照明は落ちていて自動ドアは開かない。いくつもの不動産会社の『テナント募集』の張り紙も見られる。不況の影響でゴーストビルになりつつあるのかもしれない。頼りない雨よけの下、私は必要以上に篤生から離れた場所で立ち止まった。

「あの、さ……」と言いかけると、

「結婚おめでとう」

肩についた雪を払いながら篤生は言葉をかぶせた。

「ありがとう。あ、あのね――」

「これが最後だよ」

目をしばたたかせた私に、篤生は「ふふ」と口のなかで笑っている。

「どうせ、不倫だと思われたら困るとか思ってたんでしょう？　相変わらず単純」

「そんなことないもん」

少々ムッとしながら答えると、篤生は笑みを顔から消した。

「いよいよタイムリミットの十二月十五日まであと一年だね」

それはここ最近、なにかにつけて思いだしていた。迫ってくる謎の時間の正体は曖昧でも、これまでの篤生の予告は当たっているから信じるしかない。

火事の夜に篤生に宣告されたときには想像もできないくらい遠い未来だったのに、それはもうすぐそばまで来ている。

生きる希望もなにもなかったあのころの絶望は、手のひらから砂がこぼれるようにすり抜けて消えてしまっている。

逆に、この毎日を壊したくない、死にたくないという恐怖ばかりが大きい。

「六年なんてあっという間だね。今年も死を回避しないといけないんだね？」

今年はどんなことが起きるのだろう。不安になってしまう私に、篤生はゆっくり首を横に振った。

「今年は君に死は訪れない。これまでを振り返る大事なときなんだ。もちろん、振り返る過程で君の心が傷つくこともあるかもしれない。だけど、きっと乗り越えられると信じているよ」

「ごめん、意味が分からない」

分からないのにどんどん不安になるのは、こんなに真剣な篤生の顔を見たことがなかったから。

ふいによろめいた篤生がビルの壁に背をつけたと思ったら、苦しそうに胸を押さえた。

「篤生？」

「……大丈夫」

篤生のかすれた声が弱々しく白い息になっている。エントランスから漏れる照明でも分かるほど、肌は青白かった。この数年、いつも具合が悪そうだった。

「篤生は……病気なの？」

「気にしないで。それより、これまでいくつもの試練を乗り越えた感想を聞かせてほしい」

なぜそんなことを聞くのだろう、という疑問が生まれた。でも、これまで篤生が言ったことすべてに意味があったのは知っている。

ぐるぐると過去のことを思いだしながら、素直に言葉を選ぶ。

「死を回避することができたとしても……だけど、やっぱり後悔は残るよね。どんなにしっかり相手の心と向きあったとしても、全部がスッキリすることはないと思った」

私の言葉に篤生は「ああ」とうなずいて続ける。

「どうしても毎日のなかでさまざまな問題は起きてしまう。そこにちゃんと向きあえただけでも、大きな後悔を背負うことは避けられたと思う」

「そんなものなの？」

「ああ。運命は変えられたと信じている」

「運命？」

首をひねる私に、篤生は白い息を宙に逃がす。

「来年、君は死ぬ」

「え？」

「そう、来年の十二月十五日、君にとってとても大きな出来事が起きる。それは喜びであり悲しみ。だけど、僕はもうそこにいてあげられないんだ」

「え……どうして？　その出来事ってどんなことなの？」

篤生はそれには答えずに、道路に視線をやった。人通りの少ない細い道にはどんどん雪が積もっている。

「僕はもう力を使い果たしたみたいだ」

「篤生……」

理解できないまま近づく私に、篤生は無理して笑った。

いつもの淡々とした様子もなく、苦しそうに言葉を選んでいる篤生。不安が込みあげてくる私を安心させるように、篤生は「大丈夫」とうなずく。

「そんな顔しないで。なにも心配することはないんだ。ただ、今後起きる運命を受け止めればいい。今の君ならそれも乗り越えられるから」

「分からないよ。運命ってどういうことなの？　私ひとりで立ち向かえるの？」

そんな私に篤生は意外そうな顔をした。

「なに言ってるんだよ。いつだって君はひとりで立ち向かってきたじゃないか。僕はアドバイスをしただけ」

「……いったいなにが起きるの？　篤生、あなたはいったい誰なの？」

不安が体中を満たしていく。

「今から全部教えるよ。だけど菜摘、これだけは信じてほしい。すべてを知ったとしても、君はもう僕に逢う前の君とは違う。この数年間で生まれ変わったんだ」

苦しそうな呼吸のなか、振り絞るような言いかたに気圧されうなずく私に、篤生はビルの入り口にあるベンチにリュックを置いて座った。私もつられるように横に腰を下ろす。

そしてなかから何冊かの分厚いノートを取りだしたのを見て息を呑んだ。

「え……ちょっと待って！」

思わず声を上げていた。そのノートたちは見覚えのある表紙ばかり。

「これって、私の日記？」

恥ずかしさに奪い取ると、表に〈ＤＩＡＲＹ〉と記されている。その下には日付が黒いペンで書かれていて、それはたしかに私の字。

でも、違和感があった。

「おかしいよ、これ。昔のはたしかに私が買った日記帳だけど、これはなに？」

篤生が見せたのは何冊かの黒革の日記帳。

ここ数年はパステルカラーの日記帳を選んでいた。こんな重い色の日記帳を買った覚えはない。

「僕と出逢った日の……このビルの屋上にいた火事の夜。その日の日記を見てごらん」

言われるがまま、革表紙をめくった。すぐに該当のページが見つかった。けれど……。

「嘘……これ、なに？　どういうこと？」

筆跡は私のもので間違いない。

——だけど、だけど！

「他のページも付箋をつけてある。そこを読んでみて」

彼の声に導かれるように、震える手でページをめくる。書かれている日記の内容はどれも、身に覚えのないことばかり。

寒さも忘れて、私はその文字たちを必死に読んだ。

２０１９年12月５日（木）

気づけば病院にいた。

火事に巻き込まれて大怪我を負ったそうだ。
体中が悲鳴を上げているみたいに痛い。
顔に巻かれている包帯のなかがどうなっているか、怖くてたまらない。

2019年12月11日（水）
顔の傷はやがて治ると先生が説明してくれた。
けれど、消毒の度に目に入る傷口がそんなすぐに消えるわけがないと思う。
どうしてあの夜、助かってしまったの？
あんなに平凡で退屈だった毎日が、今では輝いて見える。
今さら気づいても遅い。

2020年12月25日（金）
沙織が死んだ。

薬を飲み過ぎて、発見されたときには手遅れだったと聞いた。
結婚詐欺にあったらしいと誰かが言っていた。
薄い傷が顔に残る私に、沙織は優しくしてくれた。
それなのに私は彼女の悩みを知ろうともしなかった。
私が死ねばよかったのに。
私なんか生きていたって、なんの意味もないのに。

2021年12月16日（木）
どうして晴海が殺されなくちゃいけなかったの？
どうしてもっと晴海の話を聞いてあげなかったの？
どうして私は死ねないの？
涙も出ない私は、心と体が死んでしまったみたい。
なにも感じられない。

２０２２年12月13日（火）
お母さんのお葬式が終わった。
最後まで許せないままだった。

２０２３年12月29日（金）
お父さんまでいなくなるなんて思いもしなかった。
どうして私じゃなく他の人がいなくなるの？
もう死にたい。
死んでしまいたいのに、どうして私は呼吸を続けるの？

２０２４年４月17日（水）
江島主任と結婚した。

何度もプロポーズをしてくれた江島主任に私は流されるように承諾をしていた。

婚姻届を出したあとも私にはなんの感情も生まれなかった。

だって私は生きていても仕方ないから。

彼は私に同情しているのだろう。

誰ひとり助けられなかった私は生きる資格なんてない。

江島主任のためにも早く死んでしまいたい。


乱暴に書きなぐられている文字が揺れて見えた。

日記帳を持つ私の手が震えているからだと気づいたときには、ノートを篤生に取りあげられたあとだった。

鳥肌が立ち、知らずに両手で自分の体を抱きしめていた。

「これは……」

カラカラに乾いている喉からかすれた声が漏れる。リュックにノートをしまった篤生は、そのまま力尽きたようにベンチの下に座り込んでいる。

「なに、これはなんなの？」

目の高さを合わせようと、へたり込むように篤生の前に正座していた。

だってありえない。日記に書かれていた毎日なんて、私の記憶にはなかったから。

——火事で顔に火傷を負ってはいない。

——沙織も無事だった。

——晴海も。お母さんも。

なにがなんだか分からず、頭が混乱して現状を理解できない。

「菜摘」

そのとき、弱々しく息を吐く篤生の瞳が私を見た。真剣な目に思わずたじろいだのは、なにを言われるのか分からない恐怖感から。

「これは、僕の母親がつけていた日記。つまり、あなたがつけた日記なんだよ」

「私が……。あの、どういうこと？」

混乱のまま口にしても、こんがらがる頭では余計にからみついていくだけ。

「そんなの信じられないよ。なんでそんな嘘をつくの？」

詰め寄る私に、篤生は憂いをたたえた瞳で「ごめん」とつぶやく。

「そうだよね。信じられないよね。でも全部本当のことなんだ」

さっきの日記帳には、たしかに私の知らない未来が描かれていた。混乱する頭で「でも」と繰り返す私に、

「僕の名前は網瀬篤生じゃない。ローマ字にするとこうなる」

篤生は指先で薄く積もった歩道の雪に〈AMISE　ATUKI〉と書いた。

「え？」

「ほら、逆さから読んでごらん」

「ローマ字……〈IKUTA　ESIMA〉。あっ」

「そう。逆さにすると〈井久田〉と〈江島〉となるんだ。僕が考えた仮名。いいでしょ」

得意げに少しあごを上げた篤生。茫然としたままその顔をまじまじと見つめた。

篤生の瞳になつかしさを感じた理由はこれだったの？

「篤生は……私の息子、そういうこと？」

「信じられないかもしれないけれど、そうなんだ。だから、あなたの未来を僕は知っていた」

もう篤生は私のことを呼び捨てにすることもなかった。篤生の言葉がすんなり頭に入ってこない。

――篤生が自分の子どもであるはずがない。常識的に考えて、現実にこんなことが起きるわけがない。

必死で否定しようとしても、思考がまとまってくれない。

いったいなにが起きているのだろう？

「最初は、あの火事の夜だった。あの日あなたの心は死んだ。そこにすべての原点があるんだ。顔に怪我を負ったあなたは、そのあと立て続けに起きた不幸な出来事のせいで、何度も自分の心が死ぬのを見たんだ」

「それって、沙織や晴海の？」

そうだ、というようにうなずいた篤生が苦しそうに目を細めた。

「僕が物心ついたときから、あなたはこの世にはいないような感じだった。僕がなにをしても笑わないし怒らない。ただ、息をしているだけだった」

「どうして……」

疑問を口にしてすぐに思いだす。以前の私は、たしかに生きる気力を失くしていた。もしあの火事でひどい怪我をして、たとえ傷は消えたとしても篤生の言うように心が死んでしまったなら……。それを証明するように、さっきの日記にはその後の未来が描かれていた。暗くて生きる希望もない毎日、それが私の本当の未来だったの？

あんな絶望しかない未来。想像しようとしても、怖くて思考がそれを拒否する。今の自分とあまりに違うもうひとりの私を篤生は見てきたってこと？

全力で走ったあとのように息が切れている。

「ひょっとして……篤生に出逢わなければあの日記に書かれていた未来があったってこと？」

そうだ、と言うように黙ってうなずく篤生。

「あなたは、死んだように生きていた。でも、僕は生きてさえいてくれればそれでもよかった。いつか笑顔を取り戻してくれると願って僕も生きられたんだ」

唇を噛んだ篤生の瞳が悲しく潤んでいる。なにか……言葉では言い表せられないような悪い予感がした。

「だけど、あなたは周りの全部を敵だと思い込んでいた。僕や父さんのことも見ないふりをしてやり過ごしていたんだ」

「そんな……」

「そして二〇四五年十二月十五日、あなたは自らの命を絶った」

力を込めて言い放たれた言葉に、全身を雷で打たれた気がした。篤生の言葉を口にせずに反芻すれば、感じたことのないショックに胸が締めつけられる。

ありえない、と思いながらも私が死んだと言った篤生を疑うことはできない。これまでも、篤生の言うことはすべて本当のことだったのだから。

たしかに、あの日記を読む限りではありえることだと思った。毎年起きる悲劇にどんどん私の心が死んでいったとしたら……。

「私が自殺をしたのは……本当なの？」

「その日は僕の二十歳の誕生日だった。生まれつき心臓の弱い僕を、あなたなりに心配して育ててくれたんだろう。だけど、もう限界だったんだよ」

そう言ってから胸を押さえて激しく咳をする篤生の背を撫でることしかできない。

「篤生は……心臓が悪いの？」

それには答えず、篤生は痛みに耐えるようなくぐもった声を出した。

あの日、タイムリミットだと告げられた〝六年後の十二月十五日〟が篤生の誕生日であり、彼が成人した日に私は死を選んだ――。

そんなこと、想像もしていなかった。

私が篤生の母親で、彼は私の息子。

こんなにありえない状況なのに、少しずつ受け入れている自分がいた。

篤生はようやく呼吸が落ち着いてきたようで、喉のヒュウヒュウと鳴る音がやむ。そのまま沈黙が落ちた。

やまない雪の音さえ聞こえそうなほど、澄み切った世界が広がっている。

「篤生は……過去を変えようと私のもとへ来てくれた。そういうことなの？」

「この何年間か、あなたが自分自身でした選択によって人生は大きく変わっていった。ヒントを出したのは僕だけど、あなたの意思で変えられたんだよ」

満足げに言った篤生は苦しそうで、けれど誇らしげな顔をしている。

――そんなことない。篤生がいたから、篤生が助けてくれたから乗り越えられてきたの。

言葉にしようとしてふと気づく。

「篤生……。未来はこうして変わったわけだよね。それなら篤生はどうなるの？　こんなすごいことをどうして篤生はできたの？」

私の質問に、篤生がすっと目を閉じた。急に夜が深く訪れた気がした。

「あなたがそうしたように、僕の運命は僕が決める。あなたが幸せになれるなら、子どもとしてこんなにうれしいことはないんだよ」

か細い声に、暗い予感が涙になって頰に流れた。

まさか……まさか!?

「篤生……過去に戻るために、どんな交換条件が必要だったの？」

ガクガクと震えている声を絞りだすと、篤生は目を閉じたままほほ笑んだ。

「来年の十二月十五日、僕は生まれた瞬間に死ぬだろう」

「そんな!?」

激しいほどの悲しみの波が一気に押し寄せてくる。

「ダメだよ。そんなの絶対にダメ。どうして、どうしてそんなことを……」

最後は言葉にならず泣き声に変わる。私の幸せの先にあるのが篤生の死だなんて思いもしなかった。

「どうか嘆かないで。僕の体はどのみちもうすぐ限界みたい。最後に親孝行できて幸せなんだ」

「……だよ。そんなのイヤだよぉ」

両手で顔を覆う私に触れた篤生の手は冷たく、もうすぐその命が終わることを予告しているみたいだった。

とっさにつかみ、自分の温度で温める。

「お願い……こんなのないよ。やっと幸せになれたのに、こんなのあんまりだよ」

「僕のお母さんは、こんなふうに泣いてくれたことはなかった。分かる？　僕は今、これまでの人生で一番幸せなんだ」

そう言った篤生の体の輪郭が、夜の闇に溶けていく。強く握りしめていたはずの手がするりと抜けた。

「もう時間みたいだ」

「ダメ！　お願い行かないで。どうか、あの火事の日に戻して」

必死の叫びに篤生は「もう」と笑った。

「それじゃあ僕の命をかけた親孝行がムダになっちゃうよ」

「だって意味がないよ。篤生が死んでしまったなら意味がないの。私のせいで誰かが死ぬなんて……そんなのひどすぎるよ！」

泣いている間にもどんどん篤生の体は薄くなっている。

どうしようもないの？　これはどうしようもないことなの？

「誰だって、大事な人には笑って泣いて、人間らしく生きてほしい。この数年、あなたはしっかりと生きられたはず。だから、これからもそうやって生きていくと誓ってほしい」

声も遠くなっていく。

だけど、だけど……そんなの私にはできない。

「無理だよ……」

篤生が顔を近づけてその優しい目を私に見せた。

その目元は、いつも私を見守ってくれる江島の目とそっくりだった。

「あなたは五年間、自分の力でここまで乗り越えてきた。だから来年起きる悲劇にも、きっと向きあえる。だって、僕たちが出逢えたことに意味はあったのだから」

「篤生……」

「人間は二回死ぬんだよ？　それを受け入れてほしい」

もう言葉にできないまま、私は泣いた。

「信じられる？　僕は二十年以上先の未来から旅をしてきたんだよ。こんな奇跡が起きるんだ。だとしたら、この先だって信じていればきっと会える気がしない？」

「…………」

首を何度も横に振る。

「生きると誓って。そして、まだ見ぬ未来できっと会えると」

……けれど、篤生はあまりにもうれしそうにそう言い続ける。

夜に溶けるように、彼の体は消えていく。

もうほとんど見えない姿を必死で瞳に焼きつけた。もう時間がないのが分かる。

「分かった。信じる。信じるから！」

叫ぶ声が彼に届くように願った。

――神様、篤生の願いを聞いたのなら、どうか私の願いも聞いてください。

「篤生、私はあきらめない。命をかけて私を守ろうとしてくれたあなたをきっと救ってみせる。どんな未来だって私が変えてみせるから！」

「ありがとう」

強い風が吹き、思わず目を閉じた。涙が頬を伝うけれど、不思議と心は凪いでいて凍えた心に灯りがともった気がした。

そして、次に目を開けたとき、篤生の姿はどこにもなかった。

暗い空を仰ぎ見れば、大粒の雪は激しさを増している。

「篤生……」

――未来からやってきた私の子ども。

寒さも感じずに私は涙を流しながら、篤生のことを思った。

三十歳／君に逢う十二月

「江島さん、まだ寝ないんですか？」

看護師が尋ねる声に、ふと我に返った。保育器に入った篤生はぐっすりと眠っている。たくさんの管がついた小さな体をガラス越しに見つめ、心のなかで『大丈夫だからね』と伝えた。

「すみません。なんだかそばにいたくって……」

「でも今日ご出産されたばかりですよね？　寝てなくて大丈夫ですか？」

「はい。ここにいてもかまいませんか？」

「もちろんです」

にっこり笑った看護師は、私の隣の丸椅子に腰かけて篤生をキラキラした目で眺めてから私を見た。

「かわいいですね」

「ええ。本当に」

「それにしても不思議ですねぇ。江島さんって超能力者だってウワサですよ」

「え、どうしてですか？」

きょとんとして尋ねる私に、看護師は少し迷ってから口を開いた。

「だって、篤生くんの妊娠が分かったときには性別も分からないのに名前をつけていたでしょう？　それに先天性の心臓疾患があることも最初から分かっていてこの病院を選んだわけですよね？」

「それは……なんだかそんな気がしただけです」

ごまかしながらあれからの日々を思いだす。

私は未来を変えたかった。

そのために江島を説得し、心臓疾患に強い大きな総合病院での出産を決めたのだ。

「江島さんの予知能力のおかげで篤生くんも無事に産まれましたものね」

おーいと笑みを浮かべながら保育器に向かって手を振る看護師に、私はうなずいた。

「きっと元気になってくれると信じています。奇跡を信じたいんです」

「任せてください」

胸を張ってみせた看護師が、「あれ」と私の手元に視線をやった。

「それ、なんですか？」

「日記帳です。私の人生を生まれてきた彼に伝えたくて……。変な話でしょうけれど、ずっと夢だったんです」

保育器のなかで篤生がゆっくり目を開き、左右の手を動かしている。小さなふたつの目が初めて見る世界を感じている。

ここにいるよ、篤生。やっと逢えたんだね。

「日記ですかぁ。どんなことが書いてあるんですか？」

「この一年の日記なんです。篤生に向けてこれまでの人生をダイジェストでまとめた感じです。いろいろあったけれど、本当に幸せな毎日です」

「すごいですねぇ。あたしなんて三日坊主だから日記なんて書いたことないです」

あはは、と笑いながら看護師は部屋を出ていった。しんとした部屋に篤生の泣き声が聞こえている。

さっきから見ないようにしていた壁の時計を見れば、十二時を過ぎたところ。つまり、十二月十五日は無事に終わった。

ひとつ、運命を乗り越えたのだ。

「篤生、最初の奇跡が起きたね」

声をかけると、篤生は不思議そうな目でこちらを見ている。

心臓に疾患があることは予想ができていた。だからこそ、お腹にいる十か月、私なりに努力をしてきた。

もう泣かないよ、篤生。

保育器のガラスに手を当てて愛しくなつかしい顔を眺めた。

くじけそうになったらあの冬の日々を思いだせばいい。篤生は自分の命に代えて私を救ってくれた。

彼は私に奇跡を起こしてくれた。今度は私がそれをしてみせる。

奇跡を信じ、私は生きていこう。

立ちあがって窓辺に行き曇った窓を拭えば、篤生と別れた日と同じように雪が降っている。

十二月に君と出逢ったことは、この先の輝く未来につながっている。私たちは、決して別れるために出逢ったわけではないのだから。

「今度は私が救うからね」

決意を言葉にすれば、小さな命が私を見てほほ笑んだ気がした。

エピローグ

あなたは、あの火事の日にすべてを失うはずだった。

色を失くした世界を死んだように生き、僕が成人したことを確認して、その役目を自ら終わらせたんだね。

自ら死を選んだあなたを、僕は責めない。

あなたにとって冬という季節は、それほどに試練の連続だったのだから。

あなたを送る式が終わったあと、押し入れの奥から出てきた日記帳を見つけたよ。そこに書かれていた内容を読んで、僕は愕然とした。

そこには、あなたの心が毎年少しずつ弱っていく様子が克明に記されていた。

怯えた目をして周りを見つめ、怯えた目をして自分を見つめる日々。

心臓に疾患があり、自分でももうすぐこの命が終わることは分かっている。

だとしたら、僕やあなたの人生はいったいなんだったのだろうか。

僕は、あなたを救いたいと強く強く願った。

そして、それは神様に受け入れられたんだ。

僕の生まれた十二月にしか過去には戻れないこと。
交換条件は、僕の寿命。
生まれた日に死ぬ運命に変わると知っても迷いはなかった。
誰だって、いちばん大切な人には笑っていてほしいから。

僕に救えるのだろうか？
絶望の果てにいるあなたに『生きたい』と願わせることができるのだろうか？
でも、そのためなら僕はなんだってやる。

この選択が運命ならば、僕たちが出逢ったことにも意味はあると信じたい。
僕を見るあなたの悲しい瞳。
そこに色を取り戻すために、僕は過去を旅する。
僕の命と引き換えに、あなたに生きる勇気をあげる。

いつか、真実に気づく冬の日。

あなたが笑っていられますように。
だから、待っていてください。
——大切な僕のお母さん。

本書はフィクションであり、実在の人物および団体とは関係がありません。

この冬《ふゆ》、いなくなる君《きみ》へ

いぬじゅん

2019年2月5日初版発行
2022年11月11日第24刷

発行者……………千葉 均
発行所……………株式会社ポプラ社
〒102-8519 東京都千代田区麹町4-2-6

フォーマットデザイン 荻窪裕司（bee's knees）
組版・校閲 株式会社鷗来堂
印刷・製本 中央精版印刷株式会社

落丁・乱丁本はお取り替えいたします。

電話（0120-666-553）または、ホームページ（www.poplar.co.jp）のお問い合わせ一覧よりご連絡ください。
※電話の受付時間は、月〜金曜日、10時〜17時です（祝日・休日は除く）。

ポプラ文庫ピュアフル

ホームページ www.poplar.co.jp

N.D.C.913/319p/15cm
ISBN978-4-591-16215-6
P8111269

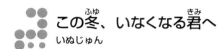